Kaspar und Henning

W0368638

Die beiden rauben mir noch den letzten Nerv!

Die Frauenkirche

kennt in München jeder.

Im Bus

ging es hoch her.

Brezeln

Die sind richtig lecker!

Susanne Fülscher

Mia und die mega-giga-irre Klassenfahrt

Mias Abenteuer:

Band 1 Mia legt los!
Band 2 Mia und das Mädchen vom anderen Stern
Band 3 Mia und der Traumprinz für Omi
Band 4 Mia und das Liebeskuddelmuddel
Band 5 Mia und der Großstadtdschungel
Band 6 Mia und das Schwesterndings
Band 7 Mia fast allein zu Haus
Band 8 Mia und die mega-giga-irre Klassenfahrt
Band 9 Mia und der Zahnspangenprinz
Band 10 Mia und der gi-ga-geniale Hochzeitsplan
Band 11 Mia und der Jette-Jammer
Band 12 erscheint im Herbst 2019

Susanne Fülscher

Mia und die mega-giga-irre Klassenfahrt

CARLSEN

Ein Biersack und eine hübsche Überraschung

Es ist früh am Morgen, ich kriege kaum die Augen auf und die Cornflakes, die ich zum Frühstück hatte, führen in meinem Magen einen wilden Tanz auf. Was nicht nur an Frau Joosts rasantem Fahrstil liegt, sondern auch daran, dass es gleich auf Klassenfahrt geht. Und zwar nach München! In die Stadt der Dirndl, Weißwürste und Brezeln. Was angesichts der beiden bescheidenen Reisen, die wir im letzten und vorletzten Schuljahr unternommen haben, mega-giga-irre aufregend ist.

Klassenfahrt Nummer eins war ein schnarchlangweiliger Ausflug in die Lüneburger Heide, wo wir Heidschnucken (also Schafe) gezählt haben und endlos auf staubtrockenen Wegen gewandert sind. Klassenfahrt Nummer zwei war eine Hafenrundfahrt in unserer Heimatstadt Hamburg mit anschließender Tombola in der Schule. Weiter weg sind wir noch nie gewesen. Und übernachtet haben wir schon gar nicht irgendwo.

Umso prickelnder ist es, mit einem Reisebus Hunderte von Kilometern gen Süden zu fahren. In eine fremde Stadt, die laut Omi Olga so fabelhaft ist, dass man auf der Stelle jodeln muss. Wir verreisen richtig mit Rollkoffer (Jette, Alina, Leonie und ich), einem Vorrat an Lakritzschnecken (Jette), einer Auswahl an Schmetterlingshaarspangen (ich) und einem roten Kuschelkissen (Jette).
Und trotzdem ist mir kodderschlecht.
Jettes Hand kommt angekrabbelt.
„Was ist denn los, Miss Butterfly?“ So nennt meine beste Freundin mich manchmal. Weil ich Schmetterlinge in allen Farben und Formen sammele.
„Hm, äh, nix“, brumme ich.
Jettes Mutter hält an einer Ampel und dreht sich nach uns um.
„Mia, alles klar?“
Obwohl es megafrüh ist, hat sie sich eine kunstvolle Plusterfrisur gesteckt und knallroten Lippenstift aufgetragen. Frau Joost sieht immer tipptopp aus. Wahrscheinlich selbst noch nachts im Bett.
„Hm, äh, ja“, nuschele ich wieder, als wäre ich ein bisschen plemplem.
Jette wirft mir einen besorgten Blick zu, und als ihre Mutter weiterfährt, beugt sie sich zu mir rüber. „Du wolltest doch nicht, dass deine Eltern dich bringen.“

Nein, das wollte ich nicht. Sie waren heute Morgen total in Hektik. Und es geht ja auch nicht auf eine Expedition zum Nordpol, sondern bloß auf eine minikurze Klassenfahrt.

„Weil du Angst hattest, du könntest vor der ganzen Klasse losheulen, wenn du dich von ihnen trennen musst?“

Ich verschränke die Arme vor der Brust und rutsche tiefer in den Sitz. Peinlich, peinlich. Jette hat den Nagel auf den Kopf getroffen. Manchmal denke ich, dass meine beste Freundin mich besser kennt als ich mich selbst.

„Stimmt's oder hab ich Recht?“

„Weiß nicht ... Stimmt vielleicht ein bisschen.“

„Ich wusste es.“ Jette kitzelt mein Ohrläppchen. „Sollen wir deine Eltern anrufen und sie fragen, ob sie nicht doch schnell kommen können?“

Ich schüttele den Kopf. „Vergiss es. Eher mache ich Herrn Meyer einen Heiratsantrag.“

„Herr Meyer! Heiratsantrag!“, kreischt Jette so laut, dass ihre Mutter sich nach uns umdreht.

„Wer will wem einen Heiratsantrag machen?“

„Niemand niemandem“, erkläre ich. „War nur Spaß.“

Herr Meyer ist Referendar an unserer Schule und unterrichtet uns in Geschichte und Kunst. Er ist an die zwei Meter groß, hat kurzes blondes Stoppelhaar und

ein Tattoo auf dem Unterarm. Meinen Traumtypen stelle ich mir anders vor. Französisch und dunkel gelockt und viele, viele Jahre jünger.
Jette grinst mich an, aber ich gucke aus dem Fenster und befehle den Cornflakes in meinem Magen, endlich Ruhe zu geben. Irgendwie ist es vorhin wirklich blöd gelaufen. Meine Babyschwester Josefine hatte gerade so einen heftigen Kreischanfall, dass Mami mich zum Abschied nur kurz an sich gedrückt hat (schnief). Papi hat mich zwar etwas länger in den Arm genommen, nebenher aber Nachrichten gehört (noch mal schnief). Lena hat nur albern winke, winke gemacht und in Rekordzeit eine Stulle mit Stinkekäse gemampft. Mein Bruder Lukas war ganz auf Tauchstation. Mit einem benebelten Grinsen auf den Lippen hat er wie blöde auf seinem Handy herumgetippt. Wahrscheinlich hat er seiner Freundin Streber-Christi, die mit mir auf Klassenfahrt geht, megageheime Liebesbotschaften geschrieben.
Ganz toll. Wenigstens eine Person in meiner Family hätte mich mal richtig herzen und umarmen und mir sagen können, wie sehr sie mich vermissen wird. Ich schlucke gegen den Tränenkloß in meinem Hals an und male mit dem Zeigefinger Muster auf die beschlagene Scheibe.
Ein paar Minisekunden später landet Jettes Ellbogen in meiner Taille.

„Aua! Was denn?“
„Wie viele Hosen hast du mit?“ Sie deutet auf meine Spargelbeine, die in dunkelblauen blickdichten Strumpfhosen stecken. Dazu trage ich meinen blauen Cordrock.
„Eine graue Jeans, wieso?“
„Und wie viele Oberteile?“
„Häh?“, mache ich. Keine Ahnung, warum Jette mir so blöde Fragen stellt.
„Sag schon. Wie viele?“
„Zwei T-Shirts und meine Lieblingstunika“, leiere ich runter. „Und einen warmen Pulli.“
„Und wie viele Unterhosen?“
„Jette!“, tönt Frau Joost von vorne, aber meine Freundin schleudert ihre langen blonden Traumhaare zurück, bohrt ihren Zeigefinger in meine Rippen und quiekt: „Wenn du mir nicht sofort sagst, wie viele Unterhosen du dabeihast, mache ich dich briefmarkenplatt!“
Ich muss lachen. Der Spruch, mich oder Lena oder sonst wen briefmarkenplatt zu machen, ist die Lieblingsdrohung meines Bruders. Keine Ahnung, wie viele Briefmarken er schon aus mir machen wollte, aber wahrscheinlich könnten sie ein ganzes Sammelalbum füllen.
„Vier“, stöhne ich. „Vier Unterhosen. Und warum willst du das jetzt unbedingt wissen?“

Jette grinst so breit, dass eine Salatgurke quer in ihrem Mund Platz hätte: „Deine Unterhosen sind mir schnuppe. Ich wollte dich nur ablenken. Hat ja auch geklappt."
„Menno! Blöde!" Ich knuffe sie.
Trotzdem muss ich zugeben, dass Jettes Trick funktioniert hat. Seit sie von den Klamotten angefangen hat, habe ich glatt vergessen, dass mir vor Aufregung eigentlich kodderschlecht ist, und dann fährt Frau Joost auch schon vor unserer Schule vor.

Kaum sind wir ausgestiegen und haben unsere Rollkoffer aus dem Kofferraum gehievt, überkommt mich zum zweiten Mal an diesem Morgen der Katzenjammer. Jede einzelne Pappnase aus unserer Klasse ist in Begleitung ihrer Eltern gekommen. Selbst Kaspar alias Mr Rülps, dessen Vater ständig die Hand vor den Mund hält (rülpst der etwa auch?), und Henning, dessen Eltern schon ziemlich alt sind (oder sind das die Großeltern?)!
„Huhu! Hier sind wir!", ruft eine vertraute Stimme.
Mein Kopf fährt herum und ich entdecke Alina und ihre Mutter in der Menge. Knapp dahinter: Leonie mit ihrem Stiefvater und ihrer Mutter. Das heißt, Leonie

steht nicht einfach nur da, sie hat ihren Hund Wursti im Arm und knutscht ihn so wild ab, dass sie garantiert schon den ganzen Mund voller Hundefusseln hat. Igitt! Ein Wunder, dass sie nicht noch ihr Meerschweinchen Horst mitgebracht hat und auch das abknutscht. Leonie fällt es schon schwer, sich bloß ein paar Stunden von ihren heiß geliebten Tieren zu trennen. Wie soll sie es da bloß ein paar Tage lang schaffen? Zum Glück ist ihr Stiefbruder Enzo nirgends zu sehen. Ich fand Enzo mal ganz süß und irgendwie wäre es mir peinlich, ihm über den Weg zu laufen.
Frau Joost, die auf dem schnellsten Weg zur Arbeit in ihre Apotheke muss, drückt Jette an sich, streichelt ihr Blondhaar und sagt, sie solle in München ja keinen Unsinn anstellen.
„Ich und Unsinn, Mama?“, sagt Jette mit Unschuldsmiene. Als wäre das ein Widerspruch in sich.
„Ja, genau du.“ Frau Joost fährt sich schmunzelnd durch die Plusterfrisur, dann herzt sie Jette ein letztes Mal und reicht auch mir die Hand.
„Viel Spaß, Mia. Und passt schön auf euch auf.“
„Klar, machen wir“, murmele ich und spüre wieder die Cornflakes in meinem Magen rumoren. Nur allzu gut erinnere ich mich daran, wie Jette und ich nach Berlin gefahren sind und Jette plötzlich wie vom Erdboden verschluckt war.

Jette winkt ihrer Mutter zu, die steigt in ihren schicken großen Wagen und braust auch schon davon.
„Bist du gar nicht traurig?“, frage ich Jette, während wir unsere Rollkoffer zu Alina und Leonie rüberziehen.
„Traurig? Nee, wieso denn?“, will Jette wissen, aber ich erwidere nichts.
Ich finde ihre Reaktion ziemlich komisch. Hänge ich vielleicht mehr an Mami und Papi als meine Freundin an ihren Eltern? Ich hätte an ihrer Stelle ganz bestimmt eine Abschiedsträne verdrückt.
„Habt ihr's schon gehört?“, piepst Alina aufgeregt.
„Nee, was denn?“, fragt Jette.
„Frau Müller-Stegemann ist krank geworden. Sie hat die ganze Nacht gespuckt. Wenn Herr Meyer auf die Schnelle keinen Ersatz für sie findet, fällt die Klassenfahrt ins Wasser.“
Jette wird blass. „Nicht wahr!“
„Leider doch.“ Alina schaut bedröpst zu ihrer Mutter.
„Wo steckt Herr Meyer denn jetzt?“, erkundige ich mich.
„Der telefoniert im Sekretariat alle Lehrer durch.“ Alinas Gesicht sieht immer mehr nach Weltuntergang aus. „Ich sag's euch. Bestimmt können wir gleich unser Gepäck nehmen und in den Unterricht gehen.“
„Nun wartet doch erst mal ab“, meint Frau Beyer. „Da findet sich bestimmt jemand.“

Ich bin mir da nicht so sicher. Papi sagt immer, dass kurzfristige Stundenplanänderungen der Horror sind. Und er muss es wissen. Schließlich unterrichtet er an unserer Schule Deutsch und Geschichte.
Leonie steckt ihre Nase in Wurstis Fell. „Hörst du, Wursti? Vielleicht müssen wir heute Abend gar nicht getrennt schlafen!“
„Wenn das deine einzige Sorge ist“, brummt Jette genervt. Dann rempelt sie mich an. „Hauptsache, die Triefnase kommt nicht mit. Oder der Heilige!“
Die Triefnase, also Herr König, unterrichtet uns in Mathe. Der Heilige ist der Spitzname für unseren Religionslehrer Herrn Grützke. Beide gehören nicht gerade in die Kategorie Lieblingslehrer. Aber im Moment ist mir selbst das egal. Ich möchte einfach nur losfahren, egal mit wem.
Alina grinst in eine bestimmte Richtung und ich drehe mich um. Alles klar. Mr Rülps flattert mit seinem Rülps-Daddy in Luftlinie auf uns zu.
Mr Rülps: tuschkastenrot im Gesicht.
Sein Vater: normalbeige.
Alina: quietschrosa, stellenweise pink, flackernder Blick.
Im nächsten Moment sind die beiden bei uns und Alina sagt mit total gestelzter Stimme: „Äh, guten … äh … Tag, Herr Biersack.“

Kaspar starrt Alina an wie eine Erscheinung. „Wir heißen doch Bierstaak mit Nachnamen“, verbessert er sie.
Seit einiger Zeit sind Alina und Kaspar ineinander verknallt. Sie knutschen zwar nicht, halten aber Händchen, gehen zusammen ins Kino und stehen beide auf Kaugummi mit Kirschgeschmack.
Während Jette hinter vorgehaltener Hand losgluckst und Leonie sich noch fester an Wursti presst (der kaum noch Luft kriegt und beängstigend losfiept), läuft Alina tomatenketchuprot an und sagt: „Äh, ja … weiß ich doch.“
Der Mann, den ich jetzt garantiert nur noch Herrn Biersack nennen werde, lächelt freundlich und fragt: „Du bist also Alina?“
Alina nickt und der Rotton in ihrem Gesicht wird noch eine Spur knalliger.
„Kaspar hat schon so viel von dir erzählt.“
„Äh, ach so … äh … ja.“
Arme Alina! Wenn sie nicht gerade unterzuckert ist (was gut sein kann, da sie ja Diabetes hat), ist sie auf jeden Fall ganz schrecklich durcheinander.
Bevor alles noch viel peinlicher werden kann, begrüßen sich Alinas Mutter und Mr Rülps' Vater. Dann plaudern sie über das Wetter in München (angeblich schön), über das Essen (angeblich lecker) und über das

Bier (angeblich noch leckerer), außerdem über Alinas Diabetes (gar nicht schön).

Natürlich ist es ziemlich blöd, dass Alina diese Stoffwechselkrankheit hat, aber dass die beiden über ihren Kopf hinweg über sie reden, als wäre sie überhaupt nicht anwesend, finde ich ziemlich daneben. Sie könnten sie zumindest fragen, ob es okay ist, dass sie sich darüber austauschen. Alina sieht auch schon ziemlich angefressen aus.

„Und muss Kaspar etwas beachten? Ich meine, falls er mal mit Alina ein Eis essen geht?“, erkundigt sich der Rülps-Papa hinter vorgehaltener Hand.

Er kriegt aber keine Antwort mehr, denn in diesem Moment kommt Herr Meyer aus der Schule geschossen, die Arme wie ein Verkehrspolizist schwenkend.

In Windeseile bildet sich eine Traube Schüler um ihn.

„Und?!“, „Was ist denn nun?“, „Fahren wir?“, „Sagen Sie schon!“, rufen alle durcheinander.

Herr Meyer bremst ab, Mundwinkel auf halb acht. Shitikowski. Wenn das mal kein schlechtes Zeichen ist. Bestimmt fällt die Klassenfahrt ins Wasser und ich darf gleich meinen Koffer in die Klasse rollen. Mathe bei der Triefnase. Würg.

„Es gibt eine gute und eine schlechte Nachricht“, findet Herr Meyer seine Sprache wieder. „Welche wollt ihr zuerst hören?“

„Die gute!“, verlangt Alina.
Herr Meyer lächelt wie weichgespült. „Wir fahren!“
„Yeah!“ – „Yippie!“ – „Cool!“
Unsere Klasse klatscht und statt durcheinandergeratener Cornflakes spüre ich ein paar Glücksschmetterlinge in meinem Magen herumflattern. Ich hatte schon nicht mehr daran geglaubt, dass es was mit der Fahrt werden würde. Dass ich all die schönen Kirchen und Plätze, von denen Omi erzählt hat, überhaupt sehen würde.
„Und was ist die schlechte Nachricht?“ Henning guckt immer noch ein bisschen skeptisch.
„Die Abfahrt verzögert sich um etwa eine Stunde. Frau Hübsch kommt mit. Und die muss sich erst“, er zwinkert in die Runde, „hübsch machen.“
Gejohle und Getrampel. Frau Hübsch kommt mit! Das ist einfach nur supertruper! Frau Hübsch unterrichtet uns in Französisch (mein Lieblingsfach). Ich finde sie mit ihren kurzen blonden Haaren und den rehbraunen Augen nicht nur hübsch, sondern auch mega-giga-irre nett. Einen besseren Ersatz für Frau Müller-Stegemann hätte Herr Meyer kaum finden können.
Nur eins macht mich immer noch traurig: dass ich irgendwie verloren herumstehe und den anderen dabei zugucke, wie sie sich von ihren Eltern verabschieden.

„Ich glaub, du solltest dringend mal jemanden anrufen“, meint Jette und legt ihren Arm um meine Schulter.
„Wen denn? Meine Schmetterlingssammlung?“
„Richtig.“ Sie nimmt ihre Brille ab und haucht sie an, bevor sie mit einem T-Shirt-Zipfel darauf herumwischt. „Und bei der Gelegenheit kannst du gleich noch mal kurz mit deinen Eltern quatschen.“
Jette ist eine wirklich tolle Freundin. Sie weiß immer genau, was ich brauche, damit es mir gut geht.
„Okay. Bin gleich wieder da.“ Ich fische das Handy aus meiner Überlebenstasche und husche damit zu den Mülltonnen rüber.
Doch schon im nächsten Moment kippe ich fast hintenüber. Das hat mehrere Gründe:
1. Ein mittelmeerblauer Passat biegt auf den Parkplatz unserer Schule ein.
2. Er parkt so schief und krumm ein, wie nur Papi einparkt. (Hallo? Papi hat doch erst zur dritten Stunde Unterricht?)
3. Die Fahrertür geht auf und ein Mensch in Ökoschlabberklamotten und in schicken italienischen Tretern steigt aus. Papi? (Seit meine Eltern gemeinsam auf Capri waren, hat mein Vater endlich ein paar schöne Schuhe.)
4. Die Beifahrertür geht auf und eine quietschbunt an-

gezogene ältere Dame mit grauen Haaren steigt aus. Omi Olga!
5. Auch die hintere Tür öffnet sich und eine Frau, die wie Mami aussieht, springt heraus.
6. Die Mami-Frau bückt sich und zerrt ein Paket aus Decken und Tüchern raus. Aus dem Paket lugt ein mischmaschbrauner Haarschopf hervor. Meine kleine Babyschwester Josefine?
Bevor ich einen siebten Gedanken denken kann, entlädt sich der Kloß in meinem Hals in einem Schrei, der bestimmt noch bis nach München zu hören ist, und ich spurte los. Egal, dass sich die anderen aus meiner Klasse über mich schlapp lachen könnten. Egal, dass ich jetzt vielleicht als Mega-Baby dastehe.
„Mami! Papi! Omi! Josefinchen!“, kreische ich, als hätte ich meine Familie jahrzehntelang nicht zu Gesicht bekommen.
Omi Olga kreischt auch etwas (es klingt nach „Mein Schmetterling!“), nur Mami, Papi und Josefinchen benehmen sich halbwegs normal. Josefinchen brabbelt Unverständliches in ihrem Baby-Chinesisch, Mami streicht über meine braunen Mischmaschhaare und Papi krault seinen kurzen Vollbart und scannt den Schulhof.
„Was macht ihr denn hier?“, will ich wissen. „Wir sind doch eigentlich längst weg.“

„Dein Vater hat im Sekretariat erfahren, dass Frau Müller-Stegemann ausfällt und ihr noch gar nicht los seid“, erklärt Mami und tätschelt nun auch noch meinen Rücken. „Und da dachten wir …“
„… dass es vielleicht nett wäre, dich doch am Bus zu verabschieden“, ergänzt Papi.
„Vielleicht nett wäre?“ Omi Olga kichert wie ein Kichermädchen. „Die beiden haben die ganze Zeit gejammert und gejault, dass ihr euch nicht richtig verabschiedet habt.“ Und mit verstellter Stimme fährt sie fort: „Das überlebe ich nicht! Mia kommt erst in fünf Tagen zurück! Das sind Millionen Stunden, die wir ohne sie verbringen müssen! Ich wette, meine Haare werden darüber grau!“
Aber Mami lacht nicht. Nicht mal ein Mundwinkel hebt sich, als sie erklärt: „Jetzt mach mal einen Punkt, Olga. Das mit den Millionen einsamer Stunden und den grauen Haaren habe ich aber nie ge…“
„Bröhhh“, unterbricht Josefinchen sie, indem sie einen orangefarbenen Schwall Brei auf ihre Schulter spuckt. Wahrscheinlich hat sie eben noch ihre Lieblingsmöhren zu essen bekommen.
Papi zieht eine riesige Stoffwindel aus der Tasche seines Jacketts und wischt Mami rasch die Schulter ab. Dennoch bleibt ein unschöner orangefarbener Fleck auf ihrer hellen Jacke zurück.

„Und wer kommt jetzt ersatzweise mit?“, erkundigt er sich. „Herr Grützke? Oder Herr König?“
Ich schüttele den Kopf. Zum Glück keiner von beiden.
„Frau Hübsch“, antworte ich. „Aber Herr Meyer meinte, dass das noch dauert. Weil sie sich ja hübsch machen muss.“
Mami und Papi lachen, Omi Olga gackert wie ein Huhn, Josefinchen strahlt uns zahnlos an. Und ich bin einfach nur mega-giga-irre froh, dass sich meine Family doch noch hat blickenlassen.

Der Bizepsfreund

Eine knappe Stunde später ist Frau Hübsch endlich da (sie hat ihre kurzen blonden Haare hübsch geföhnt und trägt einen schicken Trachtenblazer zu Jeans) und es heißt Abschied nehmen. Nein, ich heule nicht, ich verdrücke nur ein Mini-Tränchen. Ich streichele Josefinchen ein letztes Mal die Wange, dann steige ich mit den anderen ein.

Das gestaltet sich allerdings schwieriger, als den Mount Everest zu erklimmen. Die Jungs schieben und schubsen wie Kindergartenkinder.

„Lass die Blödmänner mal vor“, meint Jette und geht zur Seite. Prompt drängeln sich Oliver, Lars und Jens, wie die Affen schreiend, an uns vorbei. Fehlt noch, dass ihnen gleich ein Fell wächst und sie sich auf die Brust trommeln.

Das kann ja lustig werden. Mit Babyjungs, die sich in Extremsituationen noch viel babyhafter benehmen als sonst, auf Klassenfahrt gehen! Ehrlich gesagt gebe ich langsam die Hoffnung auf, dass die männlichen Wesen aus unserem Jahrgang irgendwann ein bisschen reifer werden. Dass sie eines Tages zu echten Männern (so wie Papi oder Herr Meyer) heranreifen, liegt sowieso außerhalb meiner Vorstellungskraft.

Nur einer drängelt nicht und stößt auch keine Affenlaute aus: Mr Rülps. Er bleibt dicht an Alinas Seite und macht keine Anstalten, der Horde zu folgen. Was garantiert nicht daran liegt, dass er spontan gereift ist, sondern daran, dass er die Busfahrt neben seiner Herzallerliebsten verbringen möchte.

Zu dumm. Eigentlich hatten Jette, Leonie und ich schon vorher ausgemacht, dass Jette neben mir und Alina neben Leonie sitzt. Wenn Alina aber nicht eine Sekunde auf Kaspars Anwesenheit verzichten kann, geht Leonie leer aus. Der scheint in dieser Sekunde genau der gleiche Gedanke durch den Kopf zu schießen, denn sie zieht ein Sauregurkengesicht und seufzt tief auf. Oder leidet sie etwa noch, weil sie sich von Wursti trennen musste?

„Soll ich mich neben Christi setzen?“, frage ich. „Dann kriegst du den Platz neben Jette. Oder Jette setzt sich neben Christi und wir …“

„Schon okay“, unterbricht sie mich. „Ich hab auch nichts gegen Christi.“ Sie grinst. „Vielleicht erklärt sie mir ja noch mal Bio. Oder Physik oder so.“

Doch dann kommt alles anders. Während die Affenhorde unter lautstarkem Gejohle den hinteren Teil des Busses belegt (klar, hier lässt sich am besten Quatsch machen), ergattert Sofia den Platz neben Streber-Christi (keine Ahnung, seit wann die beiden so dicke miteinander sind). Ich setze mich neben Jette, schräg vor uns quetschen sich Mr Rülps und Alina in eine Reihe und Leonie bleibt nichts anderes übrig, als sich neben Henning (zwei Reihen vor uns) zu hocken.
„Arme Leonie“, flüstere ich Jette ins Ohr. „Wie soll sie das nur aushalten? Mehr als zehn Stunden neben Henning im Bus! Ich würde echt durchdrehen.“
„Und ich erst“, meint Jette. Dann beugt sie sich schräg vor und starrt Kaspars Haarschopf an.
„Was machst du da?“
„Mr Rülps hypnotisieren.“ Kaum ausgesprochen, flüstert sie mit unheimlich klingender Stimme: „Ich will nicht neben Alina sitzen. In den Tiefen meines Unterbewusstseins will ich neben Henning sitzen. Ja, ja, ja! Neben Henning! Meinem allerliebsten Busen … äh … Bizepsfreund!“
Während ich einen mittelschweren Kicheranfall kriege, dreht sich Alina nach uns um. „Wie bitte? Bizepsfreund? Was soll das denn sein?“
Weder Jette noch ich kommen dazu zu antworten, weil Frau Hübsch und Herr Meyer einsteigen, die Bustüren

zugehen und der Bus anfährt. Nur ganz langsam, damit alle ihren Lieben zuwinken können, aber es geht tatsächlich endlich los!
Ich sehe noch Mamis angespanntes Gesicht, Josefinchens mausbraunen Haarschopf, Papis Grinsemund und Omi Olgas schreigelben Schal, mit dem sie winkt, als würde ich in diesem Leben nicht mehr zurückkommen, dann biegt der Bus auf die Straße ein. Ich juchze ein paarmal laut auf. Juchhu! Das Abenteuer Klassenfahrt kann beginnen!

Huhu, liebes Tagebuch, lieber Punkteeinband,

hallo, da bin ich wieder!
Ups, Verzeihung, dass ich so schief und krumm schreibe, aber so ist das nun mal, wenn man im schaukelnden Bus sitzt und das Tagebuch auf den Knien hat.
Dass es auf große Klassenfahrt nach München geht, weißt du schon? Okay, falls nicht, hast du es gerade eben erfahren.
Was du aber garantiert nicht weißt, ist, dass ich lange überlegt habe, ob ich dich überhaupt mitnehmen soll. Nicht, weil mein Gepäck dann schwerer wird, sondern,

weil … Stell dir bloß vor, die Jungs aus meiner Klasse schnüffeln in unserem Zimmer, finden dich, klauen dich und lesen dann aus dir vor. Das wäre der MEGA-HORROR! (Du erinnerst dich vielleicht: So was hatten wir schon mal!) Bei mir zu Hause wärst du garantiert sicherer aufgehoben (da könnte dich höchstens meine neugierige Nervensägenschwester finden). Andererseits wäre es schon ziemlich blöd, dich nicht dabeizuhaben. Weil ich dann all die Abenteuer, die wir (hoffentlich) erleben werden, nicht aufschreiben kann. Höchstens auf Schmierzettel, die ich später zu Hause wieder mühsam abschreiben müsste, aber dazu bin ich garantiert zu faul. Außerdem könnten die Jungs die Schmierzettel ja genauso gut finden.

Bisher ist allerdings noch nichts Weltbewegendes passiert.

1. Wir sind schon hinter Hannover, die Sonne boxt sich langsam durch die Wolken und alle sind superguter Stimmung.

2. Jette textet mich die ganze Zeit zu (sie will in München süße Typen in Lederhosen kennenlernen!!!).

3. Alina und Mr Rülps tuscheln miteinander.

4. Die Affenhorde (= Jungs) albert hinten im Bus herum.

5. Herr Meyer und Frau Hübsch stecken die Köpfe zusammen und unterhalten sich über keine-Ahnung-was.

6. Nur um Leonie mache ich mir Sorgen. Sie sitzt total stumm neben Henning, der die ganze Zeit wie blöde auf seinem Handy herumdaddelt. Die Arme! Wie langweilig ist das denn!

Frage:
Bin ich eine schlechte Freundin, weil ich ihr nicht anbiete, den Platz zu tauschen?
Antwort:
Ja, das bin ich.
Fazit des Fazits: Ich sollte Leonie anbieten, dass wir die Plätze tauschen, und das tue ich jetzt auch.
Würg.

Mhmjjjgggngg!

Der Bus schuckelt und ruckelt über die Autobahn. Ich sitze seit gefühlten Stunden neben Henning, der seit gefühlten Stunden keinen Mucks von sich gegeben hat. Ein Mega-Schweiger in Aktion.

Leonie hat mich so dankbar angelächelt, als ich ihr vorgeschlagen habe, die Plätze zu tauschen, dass mir ganz warm ums Herz geworden ist. Henning wollte nicht mal wissen, wieso, aber ich habe mir trotzdem einen Vorwand aus den Fingern gesaugt. Dass Jette ganz dringend mit Leonie Kopfmemory spielen wollte. Ein Spiel, das es, soweit ich weiß, gar nicht gibt.

„Du, Henning?“, sage ich, weil ich es total daneben finde, dass er mich keines Blickes würdigt. Nur seine Daumen klicken wieselflink auf seinem Handy herum. Ich glaube, er spielt irgendein dummes Spiel.

„Hm?“

„Wie ist es denn so für dich, dass Kaspar jetzt mit Alina … äh … seine Kirschkaugummis teilt?“

„Kirschkaugummis?“
„Ja, äh, also, dass sie so oft zusammen rumhängen.“
Keine Antwort.
„Ich mein, ist es nicht blöd, dass er jetzt viel weniger Zeit für dich hat?“
Keine Antwort.
Grrr! Ich werde diesen Hirni schon dazu kriegen, dass er sich mit mir unterhält.
„IST ES DENN NICHT BLÖD, DASS ER JETZT VIEL WENIGER ZEIT FÜR DICH HAT?“, wiederhole ich in einer Lautstärke, dass bestimmt alle Leutchen in unmittelbarer Nähe einen Hörsturz bekommen.
Henning hört einen Moment mit dem Getippe auf. Er blickt hoch und guckt mich mit seinem mozzarellableichen Gesicht an. Genau genommen sieht er wie ein Gespenst aus, dass sich aus Versehen ins Diesseits verirrt hat.
„Das Einzige, was hier blöd ist, ist, dass du mich so zulaberst. Davon wird mir echt schlecht.“
„Dir wird schlecht, weil du die ganze Zeit auf dein Handy starrst“, pflaume ich ihn an. Eben, als ich in mein Tagebuch geschrieben habe, ist mir auch ein bisschen kodderig geworden.
Henning reißt die Augen auf, dann zieht er seinen Rucksack auf die Knie und wühlt hektisch darin herum. Was ist denn jetzt los?

„Kann ich dir helfen?“, frage ich.
„Mhmjjjgggngg!“
Jetzt spricht er auch noch Geheimsprache.
„Wie???“
„Ich. Glaub. Ich. Muss …“
„Was?“
„Kotzen!“, würgt er hervor.
Igitt!
Henning macht bereits wirklich beängstigende Geräusche, da entdecke ich die Spucktüten, die in den Vordersitz geklemmt sind. Ich grapsche danach und drücke sie ihm in die Hand.
Und dann … ähm … dann geht es auch schon los. Ohne dass er sich vorher noch groß bei mir bedanken kann.
Ich rette mich nach vorne zu den Lehrern.
„Herr Meyer! Frau Hübsch!“, rufe ich. „Henning kotzt!“
„Bleib sitzen, ich kümmere mich drum“, sagt Herr Meyer zu seiner Kollegin. Weg ist er.
„Setz dich doch, Mia“, meint Frau Hübsch und klopft auf den freien Platz neben sich.
Wie cool ist das denn! Natürlich sitze ich lieber neben Frau Hübsch als neben Henning mit Spucktüte. Nicht nur, dass sie so hübsch aussieht, sie duftet auch noch nach Veilchen und Vanille.
Wir gucken eine Weile in die Landschaft, dann fasse

ich mir ein Herz und sage ihr, wie toll ich es finde, dass sie spontan für Frau Müller-Stegemann eingesprungen ist.
„Ich auch, Mia. Offen gestanden kann ich es kaum abwarten, mal wieder nach München zu kommen."
„Kennen Sie die Stadt gut?"
„Ziemlich." Sie lächelt wie erleuchtet. „Ich habe dort studiert."
Am liebsten würde ich Frau Hübsch ein bisschen aushorchen. Sie zum Beispiel fragen, was sie nach dem Studium nach Hamburg verschlagen hat. Aber ich traue mich dann doch nicht. Vielleicht ist sie ja wegen ihrer großen Liebe hergekommen und es wäre ihr unangenehm, mit mir über private Sachen zu reden. Angeblich ist sie ja mit einem Franzosen verlobt, den ich mir ziemlich hübsch vorstelle. Ob er schokobraune Augen und dunkle Locken hat?
Bevor ich mir eine andere Frage ausdenken kann, gerät Frau Hübsch ins Schwärmen. Der Englische Garten! Der Marienplatz! Die Schlösser! Alles ist so wunderWUNDERschön dort! Und dann sagt sie doch etwas Privates, zumindest etwas halb Privates. Dass man sich in München viel schneller verlieben würde als im Norden, wo es immer so bibberkalt sei. He, he! Hat sie ihren Franzosen vielleicht dort kennengelernt?
Sie lacht, ich lache mit ihr (wenn auch etwas verlegen)

und dann biegt der Bus an einer Raststätte von der Autobahn ab.

Seit bestimmt zehn Minuten stehen Alina, Jette, Leonie, ich und ein paar andere Mädchen aus unserer Klasse in der Toilette an. Vor uns: lauter plappernde Omis. Hinter uns: lauter plappernde Omis. Zwischen uns: eine stumme Omi. Dummerweise ist ein anderer Reisebus etwa zur gleichen Zeit auf die Idee gekommen, Pause zu machen. Was bedeutet, dass erst mal alles, was zwei Beine hat, zur Toilette rennt.

„Wenn du dich nicht zu Kaspar gesetzt hättest, hätte Henning auch nicht den ganzen Bus vollgekotzt", pflaumt Jette Alina an.

„Wieso, was kann ich denn dafür?" Alina ist ganz blass geworden und ihre roten Haare hängen traurig runter.

„Was Jette meint, ist, dass, wenn …", lege ich los, weiß dann aber irgendwie nicht weiter.

„Wasjettemeintistdasswenn", kichert Jette.

Ich nehme einen neuen Anlauf und sage: „Wenn Henning neben Kaspar sitzt, daddelt er garantiert nicht die ganze Zeit auf seinem Handy rum. Weil sie sich dann unterhalten. Und wahrscheinlich Quatsch machen. Und vom Quatschmachen wird ihm nicht schlecht."

„Und Mia muss auch nicht neben einem kotzenden Henning sitzen, verstehst du das?“, ergänzt Jette.
Alina wiegt nachdenklich den Kopf. Dann nimmt sie ihr Blutzuckermessgerät aus der Tasche und misst ihren Blutzucker. Zum Glück ist alles im grünen Bereich. Seit sie nämlich mit Mr Rülps Händchen hält, ist sie so intensiv mit Liebesschmelzblicken beschäftigt, dass sie das manchmal darüber vergisst. Was richtig schlimme Folgen haben kann.
Vor uns trippeln zwei Omis in die Kabinen und auch für Alina wird eine Toilette frei.
„Okay“, meint sie, kurz bevor sie darin verschwindet. „Nachher setze ich mich wieder zu euch. Dann soll sich Kaspar um seinen Freund kümmern.“
Uff. Ein Glück, dass Alina noch einen Funken Verstand besitzt.
Wenig später hocken wir alle um die Picknicktische im Freien, verputzen unseren Proviant und plappern gut gelaunt durcheinander. Jette hat wie üblich ein gekauftes Sandwich dabei, Streber-Christi in Plastik verschweißte süße Teilchen. Typisch. Alle beide gieren so sehr nach meinen Käse-Tomaten-Broten (Mamis Brote sind Weltklasse), dass ich ihnen etwas davon abgebe. Was aber nicht weiter schlimm ist. Weil Jettes Thunfisch-Sandwich ziemlich lecker schmeckt und auch die süßen Teilchen von Christi gar nicht mal so übel

sind. Selbst Henning macht sich heißhungrig über sein Wurstbrot her.
Wir sind noch am Kauen, als Herr Meyer aufsteht und in die Hände klatscht. „Alle mal herhören!“
Es wird still. Nur zwei Pappnasen quatschen munter weiter. War ja klar: der Mega-Schweiger Henning und sein Kumpel Mr Rülps – wer auch sonst? Trennt man die beiden auch nur für fünf Minuten, brauchen sie mindestens das Doppelte an Zeit, um sich gegenseitig auf den neuesten Stand zu bringen.
Herr Meyer verzieht genervt das Gesicht und blickt zu Frau Hübsch rüber. Die stemmt sich jetzt ebenfalls am Tisch hoch und donnert mit einer Stimme, dass Gebirgsbäche auf der Stelle zufrieren: „Henning! Kaspar! Seid jetzt mal still! Oder wollt ihr, dass wir euch gleich an der Raststätte zurücklassen?“
Das finde ich super an Frau Hübsch. So nett sie ist, sie lässt sich nicht von jedem Hampelmann auf der Nase herumtanzen.
Hennings Mund klappt zu und Mr Rülps setzt sich kerzengerade hin.
„Damit wir alle heil in München ankommen“, fährt Herr Meyer fort, „und nicht noch mehr Spucktüten zum Einsatz kommen …“
Ein paar Leutchen gackern, aber Herr Meyer guckt so finster, dass das Geglucksе abebbt.

„Damit es also nicht zu weiteren unangenehmen Zwischenfällen kommt, herrscht ab sofort Handyverbot im Bus.“

Jetzt lacht keiner mehr. Im Gegenteil: Ein paar besonders Handysüchtige (zu denen leider auch Jette gehört) murren. Inga bettelt sogar, er solle bei ihr eine Ausnahme machen, ihr würde nicht schlecht werden.

„Ihr lasst die Handys bitte ausgeschaltet. Ausnahmslos. Falls sich jemand von euch nicht daran hält, sammeln Frau Hübsch und ich alle ein. Auch ausnahmslos.“

Mich stört es kein bisschen, dass mein Handy aus bleiben muss. Weder will ich simsen noch telefonieren noch höre ich über Kopfhörer Musik. Ich finde es sowieso viel schöner, mit meinen Freundinnen zu quatschen oder einfach nur aus dem Fenster zu gucken.

Wir haben gerade noch Zeit, unsere Abfälle wegzuwerfen, dann geht es auch schon weiter. Ich bin wirklich froh, neben Alina zu sitzen; Leonie und Jette haben sich schnell die Sitzreihe vor uns organisiert. Alina lehnt ihren Kopf gegen meine Schulter und auch ich mache für einen Moment die Augen zu.

Ich muss kurz eingeschlafen sein. Ein Schrei gellt durch den Bus und ich sitze in der Senkrechten. Da Alina bloß eine Nanosekunde später hochschreckt, rumsen unsere Köpfe gegeneinander. Aua!

Im nächsten Augenblick flitzt Frau Hübsch an uns vorbei und ich höre Meike quäken: „Christi und Sofia! Sie sind weg!“
„Und das fällt dir erst jetzt auf?“ Frau Hübsch ist knallrot angelaufen.
„Ja! Ich weiß auch nicht …“ Meikes Stimme bebt. Wahrscheinlich heult sie gleich los. „Aber ich bin doch nicht die Lehrerin!“
Herr Meyer eilt herbei und parkt seine Pranke auf Frau Hübschs Schulter. Gleichzeitig tauchen die Köpfe von Leonie und Jette über den Lehnen des Vordersitzes auf.
„Natürlich bist du nicht verantwortlich, Meike“, erklärt Herr Meyer. „Wir Lehrer müssen darauf achten, dass alle Schüler an Bord sind.“
Frau Hübsch nickt kleinlaut. „Tut mir leid, Meike. Ich hab gerade die Nerven verloren.“ Und in Herrn Meyers Richtung sagt sie mit Zitterstimme: „Ich hatte schon so ein komisches Gefühl, als ich die Klassenreise zugesagt habe.“
„Alles wird gut, Isabelle.“ Herr Meyer lacht leise auf, aber es klingt mehr nach einem Verzweiflungslachen. „Ich schau mal auf der Toilette nach. Vielleicht machen die beiden da ja Quatsch.“
Christi und Quatsch machen – das ist ein Widerspruch in sich. Außerdem war sie gerade eben auf der Rast-

stätte auf dem Klo. Aber Herr Meyer zischt schon ab und schraubt seinen langen Körper die Mini-Wendeltreppe runter, die zur Bustoilette führt.

„Ich glaub nicht, dass Christi und Sofia auf dem Klo sind“, meint Jette und ruckelt ihre Brille zurecht.

„Wieso bist du da so sicher?“, wirft Alina ein.

Jette schüttelt den Kopf. „Christi hat vorhin noch gemeint, sie würde eher in die Hosen machen, als auf das miefige Busklo zu gehen.“

Leonie nickt dazu, als hätte sie einen Wackelkontakt im Hals.

Alina ist ganz blass um die Nase, als sie mit Roboterstimme sagt: „Dann – haben – wir – sie – vielleicht – an – der – Autobahnraststätte – vergessen.“

In meinem Magen rumsen die Cornflakes von heute Morgen mit einem Viertel Tomatenbrot, einer Hälfte Thunfischsandwich und einem süßen Teilchen zusammen. Falls Alina Recht hat und die beiden vorhin nicht mit uns in den Bus gestiegen sind, haben sie keine Chance, uns anzurufen. Ihre Taschen liegen auf den Sitzen und ich glaube nicht, dass sie ihre Handys dabeihaben.

Kaum ist der Gedanke durch meinen Kopf geflitzt, passieren zwei Dinge gleichzeitig: Herr Meyer kommt mit schockgefrosteten Gesichtsmuskeln vom Klo zurück und mein Handy vibriert in meiner Überlebenstasche.

Obwohl wir noch Handyverbot haben, nehme ich es raus.
„Ja?“
„Mia! Mia! Mia!“, quäkt eine Stimme in meinem Ohr, die mich entfernt an Christi erinnert.
„Christi, bist du das?“
„Mia, ihr müsst uns holen! Wir … wir sind …“
Christis Stimme wird von einem fürchterlich lauten Brummen übertönt.
„WO STECKST DU?“, brülle ich gegen den Lärm an.
„An der Raststätte! Ihr habt uns vergessen! Sofia heult nur noch! Unsere Handys sind im Bus! Zum Glück hat mir der Mann von der Tankstelle seins ausgeliehen! Und dann hab ich Lukas angerufen und der hat mir deine Nummer …“
„Ist das Christi?“ Herr Meyer ist mit zwei Sätzen bei mir.
Ich nicke. „Christi, ich geb dir jetzt mal Herrn …“
Schon hat er mir das Handy aus der Hand gerissen und marschiert damit nach vorne zum Busfahrer.
„O weh, und jetzt?“, fragt Alina.
„Jetzt kehrt der Busfahrer gleich um, was sonst?“, meint Jette und schleudert ihre Blondpracht hin und her. „Wir können Christi und Sofia ja wohl schlecht vier Tage an der Raststätte zurücklassen.“
„Die Armen!“ Ich muss kurz mal seufzen. Gerade habe

ich mir vorgestellt, wie es sich wohl anfühlen mag, mutterseelenallein an einer Autobahnraststätte zurückzubleiben. Ohne Handy und ohne einen Cent in der Tasche. „Wie gut, dass Christi Lukas' Handynummer im Kopf hatte. Sonst hätten die beiden überhaupt keine Chance gehabt, mit uns Kontakt aufzunehmen."

„Ach du Schreck!" Jette wird mehlwurmbleich.

„Ist dir jetzt etwa auch schlecht?", will ich wissen, aber sie schüttelt den Kopf wie in Trance und sagt:

„Stell dir bloß vor, Christi und Sofia werden von zwei tollen Typen in einem tollen Sportflitzer angesprochen, die ihnen versprechen, sie ganz toll mit nach München mitzunehmen. Aber auf der Autobahn fahren die tollen Typen in dem tollen Auto gleich die nächste tolle Ausfahrt raus, wo nämlich ein Wald ist ...

„Hör auf, Jette!", schneide ich ihr das Wort ab. „Das ist totaler Quatsch. Christi und Sofia steigen nicht zu tollen Typen in ein tolles Auto! Sie warten im Tankstellenshop oder in der Raststätte und machen höchstens mal auf einem weniger tollen Klo Pipi, wo sie von niemandem entführt werden! Nicht mal von irgendwelchen Reisebus-Omis!"

Grrr! Manchmal geht mit meiner Freundin so sehr die Fantasie durch, dass man sie einfach nur schütteln kann.

„Aber wenn doch?"

„Wenn, wenn! Wahrscheinlich sind die Omis in Wirklichkeit sowieso Außerirdische und Sofia und Christi spazieren längst die Milchstraße entlang und schlecken Außerirdischen-Eis."
Ende der Durchsage.
Der Bus nimmt etwas zu rasant die nächste Ausfahrt und Jette purzelt fast vom Sitz.
Ein Mikro knistert und Herr Meyer stellt sich in den Mittelgang.
„Ihr habt es ja schon mitgekriegt", dröhnt seine Schauspielerstimme in hundertfacher Verstärkung. „Wir haben Christi und Sofia an der Raststätte zurückgelassen. Das war mein Fehler. Ich habe es leider versäumt, euch durchzuzählen." Er nimmt ein Taschentuch raus und tupft sich den Schweiß von der Stirn. „Jetzt müssen wir leider noch mal zurückfahren. Das heißt, wir kommen heute Abend vermutlich erst zwei Stunden später als geplant in München an."
Das ist doof, aber zum Glück meckert niemand oder beschwert sich. Von Papi weiß ich, dass eine Klassenfahrt kein Spaziergang ist. Die Lehrer tragen ziemlich viel Verantwortung, sie müssen rund um die Uhr ansprechbar sein und können sich keinen Durchhänger erlauben. Dass wir Christi und Sofia vergessen haben, ist bestimmt bloß passiert, weil Frau Hübsch und Herr Meyer nach dem holprigen Start so durch den Wind

waren. Und wieso hab ich mich eigentlich nicht mal kurz umgedreht? Dann hätte ich ja gesehen, dass die beiden nicht auf ihren Plätzen waren.

Herr Meyer klopft gegen das Mikro und wieder knistert es. „Danke für euer Verständnis. Aber daran seht ihr, dass Lehrer auch nur Menschen sind. Die manchmal leider Fehler machen.“

Ein Klatschkonzert geht los und auch ich applaudiere, bis meine Handinnenflächen brennen. Nur insgeheim bin ich ein bisschen traurig, weil wir jetzt erst so spät in München ankommen werden und dann bestimmt gleich ins Bett müssen. Ich hatte nämlich gehofft, dass wir nach dem Kofferauspacken noch ein bisschen die Stadt unsicher machen könnten. Dumm gelaufen.

Es dauert eine halbe Stunde, bis wir die Raststätte erreichen. Kaum gehen die Türen schmatzend auf, drängeln sich wieder alle aus dem Bus und flitzen zur Toilette. Frau Hübsch, Herr Meyer, Jette und ich machen uns auf die Suche nach Christi und Sofia. Ein Glück, dass wir nicht erst das ganze Gelände abgrasen müssen. Die beiden warten am Eingang des Raststätten-Shops und sehen aus, als wären sie ans Zeitschriftenregal getackert. Nur ihre Hände bewegen sich. Sofia knibbelt schwarzen Nagellack von ihren Nägeln; Christi wickelt eine Haarsträhne um ihren Finger. Ich bin so froh, die beiden wiederzusehen, dass ich losstürme und ihnen

um den Hals falle. Erst Sofia, dann Christi, die dabei ins Straucheln gerät und ins Zeitschriftenregal rumst. „Quiek!“, macht sie wie ein Ferkel, dem man auf den Ringelschwanz getreten ist. Bevor einer der Verkäufer noch bemerkt, dass sie gerade die ekligen Hefte mit den nackten Busen zerknickt hat, helfen Herr Meyer und ich ihr auf.
Tränen schießen ihr in die Augen und sie umarmt mich ein zweites Mal.
„He, he! Ich bin aber nicht mein Bruder“, wehre ich ab. Aus dem Augenwinkel sehe ich, dass Jette schon ganz eifersüchtig guckt. Nur weil ich Christi inzwischen sehr viel besser leiden kann als früher, heißt das noch lange nicht, dass wir knutschedicke Freundinnen sind. Meine besten Freundinnen sind und bleiben Jette, Alina und Leonie.
Frau Hübschs Wimpern flattern aufgeregt. „Christi! Sofia! Es tut uns schrecklich leid, dass wir euch vergessen haben. Das ist unverzeihlich. Ich wünschte, wir könnten es ungeschehen machen.“
Sofias steinernes Gesicht weicht auf und sie grinst schief. „Schon okay“, piepst sie. „Notfalls wären wir eben nach München getrampt. Zwei Typen in einem superschicken Flitzer wollten uns schon mitnehmen.“
Während Jette fast einen Schreikrampf kriegt, knuffe ich sie unauffällig. *Ist ja gut*, soll das heißen. *Ich sag ja*

schon gar nichts mehr, wenn du demnächst wieder mal ein Schauermärchen erzählst.

Dann gehe ich schnell noch mal aufs Klo und hoffe, dass mich niemand auf dieser elendigen Raststätte vergessen wird.

Das passiert zum Glück nicht. Doch als ich zu den Mädchen zurückkehre, stehen sie wie versteinert da, die Blicke auf die Steinfliesen geheftet. Oh, Mist! Eine Flasche Saft ist runtergefallen und kaputtgegangen. Überall rote Spritzer! Und in der Saftlache am Boden weichen ein paar Schokoriegel auf. Schon kommt ein Verkäufer mit Eimer und Putzlappen angeflitzt.

„Wie ich Schulklassen hasse!“, schimpft er und bückt sich, um die Scherben aufzusammeln. „Ihr könnt von Glück reden, dass eure Lehrer für den Schaden aufkommen.“

Tatsächlich zücken Herr Meyer und Frau Hübsch gerade an der Kasse ihre Portemonnaies.

„Wie ist das denn passiert?“, raune ich Jette zu.

„Keine Ahnung. War wohl irgendwie Christis Ellbogen, der sich selbstständig gemacht hat.“

Sie kichert leise, aber ich kann das im Moment nicht witzig finden. Seit wir losgefahren sind, geht ja wohl alles schief. Hoffentlich lässt die nächste Katastrophe ein bisschen auf sich warten!

Sprechende Würstchen

Es ist bereits 22 Uhr, als wir endlich in München ankommen. Lange juckelt der Bus durch die Stadt, dann hält er an einem grauen Betonklotz. Mir war ja klar, dass wir nicht in einem Fünf-Sterne-Hotel absteigen, aber so richtig prickelnd sieht das Hostel von außen nicht aus. Autos brausen vorbei und nirgends ist ein Baum zu sehen.

„Hilfe, Hilfe, Hilfe!“, jault Jette mir beim Aussteigen ins Ohr. Typisch. Jette kennt nur noble Hotels und jammert schon, wenn sie keinen Whirlpool im Zimmer hat und auch kein Page angeflitzt kommt, um ihr den Koffer zu tragen.

Mit allem Hin und Her, den Pausen und Staus waren wir mehr als zwölf Stunden im Bus. Horror. Zum Glück konnte ich am Ende wenigstens ein bisschen schlafen. Was jedoch nicht besonders erholsam war, weil ich von einer Raststätte geträumt habe, die sich in ein Wachsfigurenkabinett verwandelt hat. Dort ausgestellt wa-

ren Sofia und Streber-Christi mit Busen-Heften in der Hand.
Jettes Blick gleitet die triste Fassade rauf und wieder runter.
„Hässlich“, sagt sie. „Ich dachte, das Hostel liegt in den Bergen. Und alle jodeln und haben Dirndl an.“
Da muss Jette etwas gründlich missverstanden haben. Aber im Moment ist mir das ziemlich egal. Das Einzige, was zählt, ist, dass wir endlich, endlich, ENDLICH da sind. Und dass keiner unterwegs verloren gegangen ist oder weitere Spucktüten zum Einsatz gekommen sind.
Wir ziehen unsere Koffer in die Eingangshalle und ich bin sprachlos. Innen sieht das Hostel richtig hübsch aus. Die Wände sind pink-weiß gestreift (das wäre ganz nach Omis Geschmack!), die Möbel sind bunt und die Frau an der Rezeption trägt ein bayerisches Dirndl.
Ich stoße Jette in die Seite. „Da hast du ja dein Dirndl“, sage ich. Automatisch habe ich mir vorgestellt, wie Omi Olga wohl darin aussehen würde. Bestimmt ziemlich hübsch.
„Aber sie jodelt nicht.“
Jette und ich sehen uns an und müssen grinsen. Es ist so ein *Uff-wir-sind-endlich-da-und-alles-ist-gut*-Grinsen, das sich ziemlich gut anfühlt.
Nach der Zimmeraufteilung – Jette, Alina, Leonie und ich sind in einem hellgrünen Zimmer mit zwei doppel-

stöckigen Betten untergebracht – schreibe ich Mami und Papi eine SMS. Dass wir gut angekommen sind und alles so weit paletti ist.
Kaum habe ich die Nachricht losgeschickt, klingelt mein Handy. Papi ist dran.
„Sag bloß, ihr seid jetzt erst da", begrüßt er mich vorwurfsvoll. Als wäre ich die Busfahrerin und auf der Autobahn nur Schlangenlinien gefahren!
Müde nicke ich vor mich hin.
„Mia? Alles in Ordnung?" Das ist Mami, die Papi das Telefon aus der Hand gerissen hat.
„Ja. Hab ich doch geschrieben."
„Aber wieso seid ihr erst jetzt in eurer Unterkunft? Der Bus sollte doch schon viel früher ankommen. Wir haben x-mal versucht, dich anzurufen. Aber dein Handy war ausgestellt."
Mist, jetzt sitze ich in der Erklär-Falle. Statt die Sache mit Henning, der Spucktüte und dem Handyverbot zu erzählen, will ich lieber schnell runtergehen und mit den anderen einen Begrüßungssaft trinken und ein Begrüßungswürstchen essen. (Hunger!)
„Habt ihr im Stau gesteckt?", hilft Mami mir auf die Sprünge.
„Ja, das auch", sage ich. „Außerdem haben wir Christi und Sofia an einer Raststätte vergessen und mussten noch mal umkehren."

Einen Moment herrscht Sendepause. Ich höre nur Mami röcheln, dann ertönen gurgelnde Laute aus dem Hintergrund. Ich schätze, es ist Papi.
In der nächsten Sekunde ist er wieder am Apparat.
„Ihr habt zwei Schülerinnen an der Raststätte vergessen?“, bellt er. „Ich glaub's nicht! Wie konnte das denn passieren?“
„Die Lehrer haben vergessen, uns durchzuzählen“, erkläre ich.
Papi brummt etwas Unverständliches. Es klingt nicht gerade freundlich. Dann trägt er mir auf, Herrn Meyer und Frau Hübsch kollegiale Grüße auszurichten, Mami schickt ein Küsschen durchs Telefon und ich lege auf.
Kurz Hände waschen, dann flitzen wir zu viert in den Speisesaal im Erdgeschoss, wo die anderen schon beim Essen sind. Es gibt Würstchen mit süßem Senf und Laugenbrezeln, die hier Brezen heißen, außerdem Käse, Rettich und ein bisschen Obst.
„Wie sind denn eure Zimmer so?“, erkundigt sich Jette, nachdem wir uns am Buffet bedient und uns mit unseren Tellern zu den anderen gesetzt haben.
„Super“, piepst Sofia. „Wir sind zu acht. Da kann man viel mehr Quatsch machen.“
Christi zieht ein Sauregurkengesicht, aber das scheint außer mir niemandem aufzufallen.
„Du findest es nicht so toll?“, hake ich nach.

Sie schüttelt den Kopf. „Ich will ja schlafen. Damit ich tagsüber nicht müde bin und alles von der Stadt mitkriege.“ Typisch Streber-Christi.
Jette knufft sie. „Du meinst, du willst nichts von den Geschichtsvorträgen verpassen und beim Kunstprojekt glänzen.“
„Streberin!“, kichere ich.
Es ist nicht böse gemeint, aber Christi sieht aus, als würde sie gleich losheulen.
„War doch nur ein Spaß.“ Für einen Moment lege ich meinen Arm um sie. Seit Christi mit meinem Bruder zusammen ist, habe ich sie viel besser kennengelernt und mag sie richtig gerne. Da verzeihe ich ihr selbst schlimme Streberanfälle.
„Darum geht's doch gar nicht“, murmelt sie, während sie Salzkörner von ihrer Laugenbrezel pflückt und auf den Teller rieseln lässt.
„Worum denn?“, will Alina wissen.
Christi versteckt sich hinter ihrer Haarmatte und hüllt sich in Schweigen.
„Nun sag doch mal“, beharrt nun auch Leonie.
Christi streicht sich eine Haarsträhne aus dem Gesicht, dann guckt sie uns der Reihe nach aus ihren teichgrünen Augen an. „Ihr wart schon in Italien, Frankreich, Dänemark – keine Ahnung, wo noch überall. Aber ich …“

Der Rest des Satzes verklingt im Nirgendwo.
„Heißt das, du warst noch nie so richtig weg?", frage ich.
Christis Augen sehen krötenbraun aus, als sie weiterspricht: „Doch. Ich war schon mal mit meinen Großeltern in Breslau. Für zwei Tage."
„Du meinst, zwei Wochen", sagt Jette kauend.
„Nein, zwei Tage." Christi senkt den Blick. „Mama kann es sich eben nicht leisten, dauernd zu verreisen."
Niemand sagt mehr einen Ton. Alle stieren wir bloß auf die Würstchen auf unseren Tellern. Meins guckt mich an und scheint zu sagen: Nun sei mal ein bisschen dankbar, dass ihr im Sommer immer an die Ostsee fahrt!
Das bin ich auch. Ich weiß, dass es nicht für alle in unserer Klasse selbstverständlich ist, in den Ferien zu verreisen. Irina zum Beispiel. Wenn unsere Schule ihrer Mutter nicht finanziell unter die Arme gegriffen hätte, hätte sie gar nicht mit uns auf Klassenfahrt gehen können. Und Lukas hat sogar angedeutet, dass Christi einen Teil der Klassenfahrt von dem bezahlt hat, was sie mit ihren Bandauftritten verdient. (Christi singt in der Band *Osaka Kitchen Hell* – und das richtig toll!)
„Verstehe", sage ich so laut, dass es auch wirklich alle mitkriegen. „Du willst einfach nicht verschlafen durch

die Gegend stolpern, sondern jeden Augenblick ganz bewusst genießen. Das ist doch super."

Christi lächelt mich dankbar an. Dann beißt sie von ihrem Würstchen ab und auch ich mache mich über mein Essen her. Der süße Senf schmeckt richtig lecker, viel besser als das scharfe Zeug, dass sich mein Bruder zentimeterdick auf seine Wurstbrote schmiert. Wir quasseln dabei noch ein Weilchen, aber weil es wirklich schon sehr spät ist und niemand von uns auch nur eine München-Sekunde verpassen will, sagen wir schon bald Gute Nacht und gehen ins Bett.

Der Hausgeist trägt kariert

Hallo du, liebes Tagebuch!

Es ist zwar schon megaspät, aber bevor ich die erste Nacht in meinem Münchener Bett schlafe, muss ich dir von Tag eins unserer Klassenfahrt berichten:

1. Wir sind in einem superschicken Hostel mit superschicken Zimmern an einer … äh … superlauten Straße untergekommen. (Das mit der superlauten Straße macht aber nichts. Wir lassen heute Nacht das Fenster zu. So hört man die Autos nur superleise brummen.)

2. Jette und ich teilen uns ein Doppelbett. Jette schläft oben (wegen der besseren Aussicht).

3. Die Toiletten sind am Ende des Gangs. (Jette findet es schrecklich, dass es kein Klo auf dem Zimmer gibt.) Zum Glück muss ich nachts nicht raus; sonst würde ich mich vielleicht gruseln.

4. Am Ende des Ganges sind auch die Duschen. (Jette findet es natürlich genauso schrecklich, dass wir kein

eigenes Bad mit einer schnuckeligen Badewanne haben.)
5. Jetzt halt dich fest, lieber Punkteeinband: Alina trägt eine schwarze Schlafmaske. Sie sieht damit aus wie Zorro!
6. Leonie hat sich in ein weißes, knallenges, langes T-Shirt gezwängt. Achtung, Presswurstalarm! Keine Ahnung, wie sie so überhaupt schlafen kann.
7. Jette trägt einen rot-weiß karierten Schlafanzug (sieht ziemlich bayerisch aus).
8. Ich habe mein Lieblings-Nacht-Shirt, das mit den Schmetterlingen an den Ärmeln, eingesteckt, dazu trage ich meine normalen Nacht-Shorts.
9. Meine Schmetterlingshaarspange liegt sicher auf dem kleinen Tisch, den Alina, Jette, Leonie und ich uns als Ablagefläche teilen müssen.
10. Meinen Schmetterlingsgürtel habe ich vorsichtshalber im Schrank versteckt. Falls Einbrecher kommen.
11. Ansonsten bin ich einfach nur megahappy und megamüüüde. Wahrscheinlich werde ich wie auf Wolke sieben schlafen.
Good night, liebes Tagebuch! Schlaf du auch schön!

Dann schiebe ich das Tagebuch unter mein Kopfkissen und knipse das Licht aus.

Rums, macht es. Und noch mal: *rums*. Im nächsten Moment höre ich ein Wimmern, gefolgt von lautstarkem Geklapper. Als würden Zähne aufeinanderschlagen.

Mein Herz rast wie verrückt, als ich die Augen öffne. Alles schwarz. So zappenduster ist es sonst gar nicht in meinem Zimmer.

Wieder wimmert es. Ist irgendwas mit Lena? Oder haben wir Einbrecher in der Wohnung? Ich taste nach meiner Lavalampe, aber sie ist verschwunden!

Gerade als ich schon nach Mami rufen will, fällt es mir ein: Ich bin ja gar nicht zu Hause. Ich bin in München! Und mit mir im Zimmer sind Jette, Alina und Leonie.

„Jette? Alina? Leonie?“, krächze ich.

„Ja!“, tönt es ziemlich unwirsch aus allen Richtungen, dann wird es gleißend hell im Zimmer.

Ich blinzele, kann erst mal gar nichts erkennen. Erst nachdem ich ein paarmal mit den Wimpern geplinkert habe, sehe ich einen Geist mit langen blonden Haaren und im karierten Schlafanzug am Fenster stehen.

„Haben wir etwa verschlafen?“ Alina, die an der gegenüberliegenden Wand das untere Bett belegt hat, zieht sich die Schlafmaske vom Gesicht.

Bloß Leonie atmet ruhig und tief. Wahrscheinlich könnte neben ihr eine Raumkapsel mit lauter grünen

Männchen landen und sie würde weiter vor sich hin ratzen.
„Dieses Mistfenster!“, meckert Jette.
„Nicht so laut“, flüstere ich. „Du musst ja nicht auch noch Leonie wecken.“
„Wieso, was ist denn mit dem Fenster?“, fragt Alina gedämpft.
„Es schließt nicht richtig. Weil es ein richtig mistiges Mistfenster ist.“
Ich klettere aus dem Bett, tapse barfuß durchs Zimmer, kann jedoch nichts Ungewöhnliches feststellen.
Als ich das Jette sage, motzt sie: „Aber es kommt doch voll der mistige Autolärm rein! Und die mistigen Abgase! Wahrscheinlich sind wir morgen alle tot!“
„Ja, mistig tot“, kichert Alina.
Ich mache, dass ich wieder ins Bett komme. Manchmal spinnt Jette nicht nur ein bisschen, sondern übertreibt kolossal.
„Das ist kein bisschen witzig“, jault sie. „Ich kann so nicht schlafen.“
Meine beste Freundin steht jetzt wie ein Häuflein Elend da und ich kriege Mitleid mit ihr. Ihre sonst so schönen blonden Glanzhaare haben sich in eine wilde Haarmatte verwandelt.
„Leg dich wieder hin“, sage ich. „Und zähl Schmetterlinge. Rote, gelbe, blaue …“

„Ich denk, man soll Schäfchen zählen."
„Dann zähl von mir aus Schäfchen. Menno!"
„Aber die gibt es nicht in Rot, Gelb und Blau", jammert sie und trabt wieder zu unserem Bett.
„Jette. Du kannst auch Gummibärchen nehmen. Das ist doch total schnuppe. Hauptsache, wir können jetzt weiterschlafen!"
„Gummibärchen? Wo?", tönt es von gegenüber.
Das war Leonie. Mist. Jetzt ist sie doch noch wach geworden.
„Nirgends", sage ich und ziehe die Decke bis zur Nasenspitze.
Jette klettert die Leiter an unserem Bett hoch. Sie rutscht ab und ihr Käsefuß landet für einen Moment in meinem Gesicht. Dann höre ich es bloß noch über mir rascheln und ich lösche das Licht.
Endlich Ruhe. Endlich die Augen zumachen.
Aber so müde ich eben noch war, jetzt wirbeln die Gedanken wie Schmetterlinge durch meinen Kopf. Ich muss an die Busfahrt denken. Daran, wie sich Sofia und Christi wohl mutterseelenallein auf der Raststätte gefühlt haben müssen. Und ich vermisse mit einem Mal meine kleine Nervensägenschwester. Ihr Geschnarche hinter dem Stoffvorhang, der unser Zimmer in zwei Hälften teilt. Ihr Geplapper, das mir sonst den letzten Nerv raubt.

Das müssen die Nachwirkungen der anstrengenden Fahrt sein, rede ich mir gut zu und fange an, Gummibärchen zu zählen. Als ich bei 245 angekommen bin (einem roten), ertönt ein rumsendes Geräusch. Ich wette, Jette hat sich wieder heimlich aus dem Bett geschlichen und guckt nach, ob nicht Mäuse aus irgendwelchen bisher unsichtbaren Löchern geflitzt kommen.
„Jette, leg dich wieder hin!“, sage ich.
„Wieso, was denn?“, tönt es schlaftrunken über mir.
Wieder rumst es.
„Hast du das gehört?“, frage ich in die Dunkelheit.
„Was ist das? Ein Geist?“, kommt Alinas Stimme aus dem Nebenbett.
„Ja, ein Poltergeist“, meldet sich Jette zu Wort, während es plötzlich laut gegen die Tür hämmert.
Im nächsten Augenblick huscht ein karierter Schlafanzug an mir vorbei und Jette reißt die Tür auf.
Im fahlen Schein der Flurbeleuchtung erkenne ich zwei Gestalten: Die eine ist klein, hat wirres braunes Haar und trägt ein Bärchennachthemd. Die andere ist groß und dünn und trägt ein Nachthemd mit Tannenzapfenmotiven. Vielleicht träume ich ja bloß?
Doch die große Frau im Tannenzapfennachthemd sagt: „Da wär noch jemand, der dat gern bei euch schlafa.“
Ich klimpere noch einmal mit den Wimpern und erkenne in der Tannenzapfenfrau die Frau, die am Abend

ein Dirndl getragen hat, und in dem Bärchennachthemdmädchen Christi.
Schock. Christi singt in einer coolen Band und trägt Bärchennachthemden? Ich bin baff.
„Ihr habts doch nix dagegen, oder? Dann stell ma noch a Zusatzbett nei."
Ohne unsere Antwort abzuwarten, verschwindet die Tannenzapfenfrau wieder. Christi, die auch noch gruselige Oma-Hausschuhe an den Füßen hat, schiebt sich an Jette vorbei ins Zimmer. Sie steuert mein Bett an und lässt sich aufs Fußende sinken.
„Was ist denn los?", will Alina wissen.
Leonie raschelt mit ihrer Decke, aber wahrscheinlich träumt sie nur von Wursti.
„Ich krieg kein Auge zu!" Christis Stimme bebt. „Sofia schnarcht, Meike röchelt, Irina grunzt und Amy hustet die ganze Zeit."
„Natürlich kannst du bei uns schlafen", erkläre ich. „Wir schnarchen und röcheln und grunzen und husten ganz bestimmt nicht."
Okay, ab und zu huscht zwar Jette als Hausgeist im karierten Pyjama durchs Zimmer, aber das muss ich Christi ja nicht auf die Nase binden.
Dann geht alles ratzfatz: Die Frau im Tannenzapfenlook schiebt ein Klappbett ins Zimmer und baut es vor der Heizung am Fenster auf. Christi geht rasch ihr

Bettzeug und ihre Kulturtasche holen (um ihren Rollkoffer will sie sich morgen kümmern). Ab in die Falle, Tür zu und Licht aus.
Und dann schlafe ich endlich, endlich, ENDLICH ein.

Jettisch

„Mia! Mia!“

Die Stimme ist erst nur ganz leise. Eine wunderschöne melodische Traumstimme. Gerade bin ich nämlich auf einem weißen Elefanten über Felder und Wiesen geschaukelt. Weil ich nicht will, dass der Traum aufhört, drehe ich mich auf die andere Seite.

„MIA!“

Etwas Nasskaltes streift mich und ich fahre in die Senkrechte.

Der weiße Elefant ist verschwunden. Stattdessen beugt sich Jette mit klatschnassen Haaren über mich. Sie trägt nur eine rote Unterhose und einen Sport-BH und kichert. Wahrscheinlich, weil sie es total witzig findet, mir ihre frisch gewaschenen Haare ins Gesicht zu schleudern.

„Geht's noch, Jette? Lass mich!“

„Steh endlich auf! Die anderen sitzen schon beim Frühstück. Um Punkt zehn fährt der Bus los.“

„Wie spät ist es denn?“
„Zwanzig vor.“
Ach du dickes Ei! Im Nu bin ich aus dem Bett gesprungen und raffe meine Anziehsachen zusammen. Aufs Klo, Zähne putzen und Gesicht waschen – mehr ist nicht drin.
„Wieso habt ihr mich nicht früher geweckt?“, blaffe ich Jette an, während ich in Windeseile ein paar Klamotten zusammenraffe.
Die poliert bloß grinsend ihre Brille mit einem zerfledderten Taschentuch. „Du hast so süß geschlummert.“
Ich flitze über den Flur, rein in den Waschraum. Fünf Minuten später bin ich angezogen, habe mir die Zähne geputzt und stiefele an Jettes Seite in den rappelvollen Speisesaal.
„Guten Morgen, ihr beiden!“, ruft Frau Hübsch uns zu. Sie sitzt in einer hübschen weißen Bluse am Jungstisch, hat ihre Haare hübsch ins Gesicht gekämmt und trinkt Kaffee aus einer hübschen Blümchentasse.
„Guten Morgen“, murmele ich und scanne die Tische. Anscheinend sind wir wirklich die Allerletzten. Selbst Mr Rülps und Henning haben es eher aus dem Bett geschafft. Peinlich!
„Ihr braucht euch nicht zu beeilen“, meint sie, als habe sie meine Gedanken erraten. „Weil es gestern so spät

geworden ist, haben wir euch ausschlafen lassen. Der Bus fährt erst gegen elf los.“

Uff, Glück gehabt. Beim Anblick der leckeren Sachen, die die anderen auf ihren Tellern haben, läuft mir nämlich das Wasser im Mund zusammen. Und ich hätte keine Lust, nur eilig ein Müsli hinunterzuschlingen.

„Essen und Getränke gibt’s wieder am Buffet“, klärt Frau Hübsch uns auf. „Ihr könnt euch so viel nehmen, wie ihr mögt, aber bitte nichts einpacken.“

„Was denken Sie denn von uns?“, empört sich Jette, die in ihren piekfeinen Hotels natürlich noch nie was eingesteckt hat.

Ich folge meiner Freundin ans Buffet. Es gibt leckere Brötchen (die heißen hier Semmeln), Brezen, Croissants, Wurst, Käse, Rührei, Marmelade, Schokoaufstrich, Joghurt, Müsli, frisches Obst und Säfte. Außerdem jede Menge Getränke in großen silbrigen Kannen. Während sich Jette den Teller volllädt, als würde sie die nächsten zwei Tage nichts zu essen bekommen, nehme ich mir nur eine Brezel, ein Mini-Croissant, etwas Butter, Käse und Marmelade, dazu Obstsalat und ein Glas O-Saft.

Irgendjemand muss gerade einen brüllend komischen Witz erzählt haben, denn die Mädchen, die mit Herrn Meyer zusammensitzen, kringeln sich vor Lachen, als wir uns an ihren Tisch quetschen.

„Hast du gut geschlafen?“, frage ich Christi, als sie wieder halbwegs Luft bekommt.
Christis Augen sind so teichgrün wie immer, als sie mich ansieht. „Wie ein Murmeltier.“
„Logisch. Wir machen ja auch keine Geräusche im Schlaf“, nuschelt Jette mit vollem Mund und grinst ziemlich auffällig in Sofias, Meikes und Irinas Richtung. Während Sofia und Irina vollauf mit Kauen beschäftigt sind, reißt Meike die Augen auf und kreischt ein schrilles „Wie?!“.
„Wiemakeinäuschaaf“, wiederholt Jette noch eine Spur undeutlicher.
Herr Meyer blickt von seinem Handy hoch und guckt sie irritiert an. „Sprichst du jetzt in Geheimsprache?“
„Nein, das ist Jettisch. Kennen Sie das nicht?“ Jette wiehert los und Herr Meyer lacht mit ihr.
Ich rücke ein Stück an Christi heran und frage sie leise, ob die Mädchen aus ihrem Zimmer sauer gewesen wären, weil sie einfach so ausgezogen ist.
„Ein bisschen vielleicht, ich weiß nicht.“ Christi beißt achselzuckend in ihre Wurstsemmel. „Vielleicht sind sie insgeheim ja sogar froh. Acht Mädchen auf einem Haufen – das kann ganz schön anstrengend sein.“
Da bin ich ganz Christis Meinung. Außerdem ist sie bei uns sowieso besser aufgehoben. Viele finden ja, dass sie eine furchtbare Mega-Streberin ist. Ich hab auch

mal zu den Leuten gehört, wofür ich mich ein bisschen schäme. In Wirklichkeit ist sie nämlich total nett und hilfsbereit.

Als ich wieder zu Jette hinübergucke, hängt sie wie ein schiefer Laternenmast da und schielt auf Herrn Meyers schickes Smartphone. Vielleicht findet sie ihren Lehrer neuerdings so anbetungswürdig, dass sie halb auf seinem Schoß liegt.

Kurz darauf im Zimmer, wo wir uns für unseren ersten Ausflug fertig machen, frage ich Jette, wieso sie eben so mit Herrn Meyer auf Tuchfühlung gegangen ist. Prompt gackert sie los, macht kleine Bocksprünge und schüttelt ihre Haare wie durchgedreht.

„Herr Meyer hat eine sizilianische, portugiesische oder brasilianische Freundin. Jedenfalls eine dunkelhaarige Schönheit."

„Ja und?" Schwups landen mein Portemonnaie, mein Tagebuch, ein Kuli und eine Packung Taschentücher in meiner Überlebenstasche. „Ist doch schön, dass er ein Foto von seiner Liebsten auf seinem Handy hat."

„Klar, aber …" Jette wiehert abermals los. „Haltet euch fest, haltet euch fest, haltet euch fest!"

„Ich halte mich ja schon fest", sage ich genervt und greife nach dem Bettpfosten. Vorsichtshalber. Wer weiß, was gleich kommt. Wenn Jette alles dreimal hinausposaunt, wird es ja meistens ganz besonders schlimm.

„Auf dem Foto küssen sie sich!"
„Wer küsst sich?", fragt Leonie, die gerade hereinplatzt.
„Herr Meyer und seine Freundin", kläre ich sie auf. „Auf einem Foto, das Jette auf seinem Handy ausspioniert hat."
„Ich hab's nicht ausspioniert. Das Foto hat er als Bildschirmhintergrund. Ich hätte blind sein müssen, um es nicht zu sehen."
„Bäh!", trötet Leonie.
Alina wirft ihre Arme in die Luft und ruft: „Das ist doch voll romantisch! Ich lade mir später auch mal ein Foto von mir und meinem Freund aufs Handy."
„Das kannst du doch jetzt schon machen", feixt Jette. „Du und Mr Rülps auf Klassenfahrt."
„Er heißt Kaspar." Beleidigt schnappt sich Alina ihren Kulturbeutel. „Ich geh Zähne putzen."
Auch Leonie, die superprüde ist und Gespräche übers Küssen sowieso nicht leiden kann, verzieht sich zum Zähneputzen.
„War's das jetzt?", frage ich. „Darf ich den Pfosten loslassen und auch Zähneputzen gehen?"
„Die sizilianische oder portugiesische oder brasilianische Verlobte ist mindestens doppelt so alt wie Herr Meyer", platzt es aus Jette heraus, als ich schon nach meiner Kulturtasche greife.

„Echt?“
„Ja, die ist mindestens 50. Vielleicht sogar schon 110!“
Ich zeige Jette einen Vogel. 110. Alles klar.
„Dann vielleicht 55!“
„Ja und?“, sage ich und zucke mit den Achseln. „Diego Kranfelder ist doch auch viel jünger als meine Omi. Stört ihn das? Nö. Stört sie das? Auch nicht.“
Thema durch.
Zähneputzen.
Und auf ins Vergnügen.

Mehlwurmweiße Würste und rosafarbener Schmadder

München!
Wir sind wirklich in München!
Es ist so ein mega-giga-irres Gefühl, im Bus durch die Stadt kutschiert zu werden, dass ich im Geiste vor mich hin jodele.
Was ich alles sehe:
1. Prunkvolle Bauwerke bis zum Gehtnichtmehr.
2. Eine alte Straßenbahn, die sich wie ein Wurm durch die Stadt windet.
3. Einen Mann mit einem komischen Trachtenhut mit Puschelkopfschmuck (Gamsbart nennt man das, sagt Christi).
4. Zwei dickbusige Frauen in Dirndlkleidern.
5. Ganz normale Leute, die in ganz normalen Cafés sitzen und ganz normal Kaffee schlürfen.
6. Baumlose Straßen, die weniger toll aussehen. (In Hamburg gibt es viel mehr Bäume!)
Ich weiß nicht, wie viele Minuten später der Bus am

Stachus hält, denn ich musste schnell ein paar Stichworte in mein Tagebuch schreiben.
„Wow!“, raune ich, als ich als Letzte aussteige.
Auf dem halbrunden Platz, in dessen Mitte ein Brunnen Wasserfontänen auswirft, herrscht geschäftiges Großstadttreiben. Leute wuseln umher, Radfahrer klingeln, Straßenbahnen bimmeln und Scharen von Menschen streben dem alten Stadttor zu, durch das man in die Fußgängerzone gelangt.
Alina seufzt versonnen.
„Ist das toll! Ist das toll! Ist das toll!“, quiekt Jette. „Guckt mal, die Palmen und die hübschen Gebäude! Das sieht ja aus wie in Spanien. Als wir mal in Madrid waren …“
Sie redet immer weiter, aber ich höre gar nicht richtig hin. Ich will nämlich alles aufsaugen und abspeichern. Damit ich später jede auch noch so winzige Pipifax-Kleinigkeit in mein Tagebuch schreiben kann. Und die Nachwelt weiß, was ich alles in München getrieben habe.
Ein paar aus meiner Klasse würden am liebsten gleich losstiefeln (die Fußgängerzone mit den vielen Geschäften lockt vor allem die Mädchen), aber Herr Meyer trommelt uns zusammen, um einige Daten und Fakten auszuspucken. Wenn man mich fragt, ist Herr Meyer gar kein Mensch, sondern ein Roboter mit eingebau-

tem Geschichtswissen. Er weiß wirklich alles! Und ist der Motor einmal angeworfen, lässt er sich nicht mehr so schnell stoppen. Ich kenne das schon aus dem Geschichtsunterricht. Da vergisst er sogar manchmal, uns abzufragen, weil er selbst so gerne erzählt.
„1791 hieß der Platz Neuhauser-Tor-Platz“, doziert er. „Aber schon 1792 wurde er zu Ehren des bayerischen Kurfürsten Karl Theodor in Karlstor umbenannt. Der alte Name Stachus stammt von einer Gastwirtschaft, die dort stand, wo heute das Kaufhaus ist.“ Sein Blick schweift umher und bleibt an Amy und Isabelle hängen, die auf ihre Handys glotzen. „Amy. Isabelle. Ihr stellt sofort eure Handys aus.“
Die beiden fügen sich in ihr grausames handyloses Schicksal und Herr Meyer fährt fort: „Wenn wir gleich durch das Karlstor hindurchgehen, schaut bitte mal nach oben. Im Haupttorbogen seht ihr in den Ecken die sogenannten Kragenköpfe. Die stellen vier herausragende Münchner Persönlichkeiten dar.“
Er erzählt immer weiter, aber ich bin so gefangen von all den Eindrücken, dass seine Worte durch mich hindurchrauschen.
Wir traben los. Ich zwischen Jette und Leonie. Christi und Sofia hinter uns. Alina und Mr Rülps schlurfen hinterher.
Die Fußgängerzone ist irre lang, irre breit und irre be-

lebt. Schon nach ein paar Metern tauchen die kugelförmigen Türme der Frauenkirche auf. Die Frauenkirche ist das Wahrzeichen Münchens und einer unserer Besichtigungspunkte für heute.

Shoppingsüchtig, wie Jette ist, hebt sie bloß kurz den Kopf, dann wandert ihr Glimmerblick gleich wieder zu den Geschäften.

„Guck mal, das süße Top da!“ Sie reißt sich von meinem Arm los und läuft zum Schaufenster rüber, in dem sich stinknormale T-Shirts in den Auslagen stapeln.

„Komm, Jette.“

„Ich geh mal kurz rein“, entgegnet sie, als hätte ich etwas total Unverständliches gesagt. „Wartest du eben?“

„Du spinnst ja wohl.“ Ich fange sie wie ein entlaufenes Hündchen wieder ein. „Dann sind nachher alle weg und wir finden sie nicht wieder.“

„Das wär doch nur ganz kurz gewesen. Das rote Top ist einfach der Knaller.“

„So ein Top findest du an jeder Ecke und den Laden hier gibt es übrigens auch in Hamburg.“

Volkstümliche Melodien werden zu uns herangetragen, während wir uns beeilen, der Gruppe hinterherzustolpern. Ein paar Meter weiter spielt ein hübscher blonder Straßenmusiker in knielangen Lederhosen auf einem Schifferklavier.

„Oh, wie bayerisch!“, ruft Jette verzückt und aus ih-

rem Shopping-Glimmerblick wird ein Süße-Typen-Glitterblick. Wie peinlich!
Bevor sie sich noch in ihn verlieben kann, ziehe ich sie rasch weiter. Manchmal ist meine beste Freundin wie ein kleines Hündchen, das jeden Baum bepinkelt und sich alles (abgesehen von Kirchen) neugierig anguckt.
Unsere Klasse ist vor einem typisch bayerischen Wirtshaus stehen geblieben. Ich staune nicht schlecht, dass die Leute um diese Uhrzeit dicke mehlwurmweiße Würste mit Senf essen, Brezen auseinanderzupfen und Bier aus Ungetümen von Gläsern trinken. Es ist erst kurz nach elf!
Frau Hübsch lacht, als sie mein entsetztes Gesicht sieht.
„Weißwürschtl sind eine bayerische Spezialität“, klärt sie uns auf. „Traditionell werden sie am späten Vormittag gegessen. Also bis zwölf Uhr Mittag.“
„Wieso denn nicht später?“, will Alina wissen.
Lars’ Finger fliegt in die Höhe. „Weißwürste dürfen das 12-Uhr-Läuten nicht hören. Sagt mein Onkel Alois immer.“
Frau Hübsch nickt. „Der Spruch stammt vermutlich noch aus einer Zeit, als es keine Kühlschränke gab. Und als die Würste, die morgens frisch hergestellt wurden, schnell schlecht wurden.“

Frau Hübsch kennt sich wirklich ziemlich gut mit den bayerischen Gepflogenheiten aus. Aber ich kann mir nur schwer vorstellen, dass sie als Studentin morgens im Lokal gesessen und mehlwurmweiße Würste verdrückt hat.
„Kriegen wir jetzt ein Bier?“, trötet Lars. Megablöde wie immer.
„Wenn du groß bist, darfst du vielleicht auch mal ein Bier trinken“, sagt Herr Meyer wie zu einem Kleinkind, woraufhin alles lacht.
„So, und jetzt gucken wir uns erst mal die beiden Kirchen an.“
„Gleich zwei?“, nölt Kleinkind Nummer zwei (Henning) und tut, als würde er einen Würganfall kriegen.
„Wenn das alles so schlimm für dich ist, Henning, können wir dich auch gleich in den Zug setzen. Dann bist du heute Abend wieder zu Hause bei deinen Eltern.“
Herr Meyer hat das natürlich nicht ernst gemeint, aber Henning brummt etwas erschrocken: „Nee, nee, schon okay.“
Bloß wenige Schritte weiter taucht auf der linken Seite die Jesuitenkirche St. Michael auf. Bevor wir reingehen, verkündet Frau Hübsch die Benimmregeln. Handys aus. Nicht rumflitzen. Leise sprechen. Und auch sonst keinen Unsinn anstellen.
Herr Meyer ergänzt Frau Hübschs Anmerkungen mit

ein paar Daten zur Kirche. *Zwischen 1583 und 1597 errichtet … Dem Erzengel Michael geweiht … Stilistisch markiert sie den Übergang von der Renaissance zum Barock … Der berühmte König Ludwig II. liegt hier in einer Gruft …*
Christi kriegt prompt einen Streber-Rückfall und will den Unterschied zwischen Renaissance und Barock wissen. War ja klar. Ab und zu kann sie sich eben doch nicht bremsen.
„Das besprechen wir dann mal im Unterricht", sagt Herr Meyer ausweichend und scheucht uns in die Kirche.
Christi und ich wechseln einen Blick. Wenn man mich fragt, weiß er ausnahmsweise mal nicht Bescheid, will es jedoch nicht zugeben.
Kaum bin ich durch die Kirchentür geschlüpft, stockt mir der Atem. Ich habe schon ein paar Kirchen gesehen, aber noch nie so eine prunkvolle. Das Kirchenschiff strahlt hell und der Altar funkelt golden!
Aus dem Augenwinkel sehe ich, dass Henning, der ja eben noch gemeckert hat, mit offenem Mund dasteht. Megaergriffen.
Jette huscht auf Zehenspitzen durch den Mittelgang vor zum Altar. Ich ihr nach. Alina und Leonie sind schon da und gucken zusammen mit ein paar anderen Mädchen andächtig auf den gekreuzigten Jesus. Bevor

ich eine andächtige Miene aufsetzen kann, passiert es: Neben mir rülpst jemand.
ALINA!
Ich fasse es nicht!
Mr Rülps hat auf sie abgefärbt!
Während Alina beschämt die Hand vor den Mund hält, gackern die Mädchen los und Meike tönt: „Alina, man rülpst aber nicht in Kirchen."
„Und man quatscht nicht laut in Kirchen", beschwert sich Henning.
„Wenn ihr euch nicht benehmen könnt, geht bitte raus", meint Frau Hübsch, die wie aus dem Nichts aufgetaucht ist.
Arme Alina. Sie hat einen feuerwehrroten Kopf bekommen und sieht aus, als wolle sie am liebsten in die Gruft hinabfahren. Zu den Gebeinen von König Ludwig II.
„Komm, wir gehen schon mal", sage ich und hake sie unter.
Draußen blendet uns grelles Sonnenlicht und Alina hält die Hand vor Augen.
„So was ist mir ja noch nie passiert! Wie peinlich ist das denn! Kaspar hat mir vorhin so komische Bonbons gegeben. Die waren grausam prickelig. Vielleicht sind die schuld."
„Du bist bestimmt nicht der erste Mensch, der in einer Kirche gerülpst hat", beruhige ich meine Freundin.

Sie schüttelt den Kopf und ihre roten Haare fliegen hin und her. „Aber vielleicht nennt ihr mich bald nur noch Miss Rülps und lacht euch halb schlapp über mich."
„Keine Sorge, das machen wir schon nicht", verspreche ich ihr und dann kommen nach und nach auch die anderen aus der Kirche raus.
Nachdem Herr Meyer und Frau Hübsch uns zur Sicherheit durchgezählt haben, geht es weiter zur größten und wichtigsten Kirche Münchens, dem Münchner Dom, auch Frauenkirche genannt. Zu Fuß sind es bloß ein paar Meter.
Als wären wir die vergesslichsten Schüler seit der Epoche der Neandertaler, betet Frau Hübsch abermals die Benimmregeln runter (Handys-aus-nicht-rumrennen-leise-sprechen-und-auch-sonst-keinen-Unsinn-anstellen) und Herr Meyer spuckt Geschichtswissen aus (spätgotischer Ziegelsteinbau, 20 Jahre Bauzeit, in der Eingangshalle befindet sich der berühmte Teufelstritt).
Zum Glück fragt Christi nicht, was der Unterschied zwischen Spätgotik, Barock und Renaissance ist, und wir können gleich reingehen.
Huch?
Im ersten Moment bin ich fast ein bisschen enttäuscht. Die Kirche ist riesengroß und hat dicke weiße Säulen, aber nirgends gibt es Gold und Glimmer!
Da der Teufelstritt im Eingangsbereich (das ist ein in

Stein gehauener Fußabdruck mit einem Sporn an der Ferse, der einer Sage nach vom Teufel höchstpersönlich stammen soll) gerade von einer Gruppe japanischer Jugendlicher belagert wird, dürfen wir uns auf eigene Faust umsehen.

„In zehn Minuten wieder hier am Eingang“, ordnet Frau Hübsch an. „Ich verlasse mich darauf, dass niemand zu spät kommt.“

Ups. Auch Frau Hübsch kann manchmal ganz schön ungemütlich werden und seit der Sache mit Christi und Sofia hat sie eine echte Kontrollmacke.

Ich gucke zu Henning rüber, der wieder verzückt lächelnd dasteht.

„Komm schon, Miss Butterfly.“ Jette zupft an meinem Ärmel. „Wir suchen jetzt nach der Wahrheit.“

Keine Ahnung, was sie damit meint, doch schicksalsergeben trotte ich hinter ihr her ins Kirchenschiff. Aber weder den eigentlich hübschen Wandgemälden schenkt sie einen Blick noch den bunten Mosaikfenstern, in denen sich das Licht bricht. Stattdessen huscht sie durch die Kirche wie sonst durch die Schulflure. Zack, ist sie hinterm Altar verschwunden. Ich flitze hinter ihr her und halte sie am Arm zurück.

„Musst du so rennen?“

Jette bleibt stehen, schleudert ihre Haare zurück und kratzt sich am Knie. Aus dem Augenwinkel sehe ich, dass sich Alina und Leonie auf der anderen Seite des Kirchenschiffs einen Ölschinken angucken.

„Ich bin nicht so gerne in Kirchen“, flüstert sie.

„Warum denn nicht?“

„Weil man ständig das Gefühl hat, man sollte ganz schreckliche Sünden bereuen.“

Ich gluckse los, aber weil mir einfällt, dass wir ja keine lauten Geräusche machen dürfen, halte ich mir vorsichtshalber die Hand vor den Mund.

„Welche Sünden musst du denn bereuen?“

Hoffentlich hat sie nicht in meinem Tagebuch geschnüffelt.

„Weiß nicht“, druckst sie. „Ist es eine ganz schlimme Sünde, wenn man der besten Freundin ein Kaugummi aus der Überlebenstasche mopst und nicht mal ersatzweise eine Lakritzschnecke reinlegt?“

„HAST DU?“, frage ich.

Jette nickt. „Heute Morgen. Als du noch mal schnell auf Klo warst.“

„Mann, Jette!“

„Tut mir leid.“

Ich winke ab. „Schon gut.“

Sie zerrt wieder an meiner Hand – Kirchen scheinen wirklich nicht ihr Ding zu sein –, als ich eine rosafarbene Spur auf dem Boden entdecke.

„Was ist das denn?“, sage ich mehr zu mir selbst.

„Was?“
„Na, das!“ Ich deute auf den Mosaiksteinboden.
Jette folgt der Spur; ich trotte hinter ihr her.
„Komisch, komisch, komisch“, murmelt sie, dann bleibt sie plötzlich stehen. „Ich fass es nicht, guck mal da!“
Sie zeigt auf Henning, der regungslos vor einem düsteren Gemälde steht. Aus seinem Rucksack, der über seiner Schulter baumelt, sickert rosafarbener Schmadder.
Jette pfeift leise. Und noch mal. Aber Henning ist total in den Anblick des gruseligen Totenschädels versunken.
„Henning!“, zische ich.
Er fährt herum und blickt uns genervt an. „Wasnnn?“
„Aus deinem Rucksack tropft was!“
Jette macht einen Schritt auf ihn zu und untersucht den Rucksack. „Hab ich einen Sehschaden oder ist das etwa Joghurt? Hast du den heute Morgen beim Frühstück eingesteckt?“
„Bin ich blöd?“, kläfft Henning und wird mindestens genauso rosa wie der Joghurt. Einen Wimpernschlag später entdeckt er ebenfalls die Spur, die sich durch die Kirche zieht.
„Mist!“ Er nimmt seinen Rucksack von der Schulter und klickt die Schnalle auf. Im nächsten Moment zaubert er einen leeren Joghurtbecher mit eingedrücktem Deckel hervor und starrt ihn an wie ein außerirdisches

Flugobjekt. Ich glaub's ja wohl nicht! Den muss er beim Frühstück gebunkert haben!

„Na, dann mal viel Spaß beim Aufwischen." Jette zieht mich weiter. Das ist nur gut so, weil wir wie verrückt kichern müssen.

Keine drei Meter weiter überfällt mich das schlechte Gewissen. Ich stoße meine Freundin in die Seite. „Wollen wir ihm nicht eben helfen? Irgendwie tut er mir leid."

Jette guckt, als wäre ich ein bisschen plemplem, nickt aber und zuckelt schicksalsergeben hinter mir her.

Inzwischen ist Henning nicht mehr allein. Mr Rülps, Alina und ein paar andere kriechen auf dem Boden herum und verbrauchen einen gigantischen Vorrat an Taschentüchern.

„Los, helft mal", fordert Alina uns auf. „Bevor Herr Meyer und Frau Hübsch noch was merken."

Jette murrt ein bisschen, sinkt jedoch neben mir auf die Knie. Ruck, zuck ist die Sauerei behoben.

Kaum ist das letzte Taschentuch in die Plastiktüte gewandert, kommt Frau Hübsch mit langen Schritten auf uns zu. „Zehn Minuten, hab ich gesagt!" Sie trommelt auf ihre Uhr. „Die anderen warten schon auf euch."

Äh, peinlich. Im Eilschritt geht es Richtung Ausgang. Tja … Den schwarzen Fußabdruck des Teufels bekommen wir bloß noch durch Hosenbeine hindurch zu sehen. Wieder blockieren etliche Schulklassen die Sicht.

Und würden wir uns in die Schlange einreihen, kämen wir wohl erst am St.-Nimmerleins-Tag wieder aus der Kirche raus. Trotzdem erzählen Herr Meyer und Frau Hübsch uns noch die Sage. Es geht um einen Pakt zwischen dem Baumeister der Kirche und dem Teufel. Der Baumeister hatte sich bei der Errichtung des Doms vom Teufel helfen lassen, als Preis dafür durfte er aber keine Fenster einbauen. Kurz vor der Einweihung hat sich der Teufel in die Kirche geschlichen und konnte vom Eingang aus tatsächlich keine Fenster sehen – weil die von den Säulen verdeckt waren.

„Da hat er vor lauter Triumph so fest mit dem Fuß aufgestampft, dass sich sein Abdruck in den Steinboden eingegraben hat", kommt Herr Meyer zum Ende.

Frau Hübsch schnippt aufgeregt mit dem Finger. „Ich hab da aber was anderes gelesen! Und zwar, dass der Teufel vor lauter Wut mit dem Fuß aufgestampft hat. Weil er die Fenster sofort entdeckt hat."

Mir ist es ziemlich schnuppe, warum der Teufel ausgerastet ist. Ich kann den Fußtritt sowieso kaum erkennen und bin bloß froh, dass wir keinen Test über die Sage schreiben müssen.

„So, und jetzt raus mit euch", sagt Herr Meyer und fährt sich durchs blonde Stoppelhaar.

Jette grinst erleichtert.

Henning grinst säuerlich.

Leonie grinst einen Obststand in der Ferne an.
Alina grinst süßlich in Kaspars Richtung.
Frau Hübsch grinst ebenfalls süßlich. Aber nicht in Mr Rülps' Richtung, sondern in Herrn Meyers.
Und ich begreife gar nichts mehr. Was ist da denn los?

Der Vormittag ist so schön und sonnig und bayerisch und ich genieße jede Sekunde. Von der Frauenkirche laufen wir zum Marienplatz mit dem verschnörkelten Rathaus, dem Fischbrunnen und den vielen Straßencafés.
Alina schaut auf ihre Armbanduhr, dann tickt sie Frau Hübsch an und quiekt mit ihrer *Ich-bin-ja-so-aufgeregt*-Stimme: „Es ist doch gleich zwölf! Können wir uns das Glockenspiel angucken?“
Das Münchener Glockenspiel ist so weltberühmt, dass jeden Tag Scharen von Touristen auf den Marienplatz strömen und ein paar Figürchen dabei zugucken, wie sie sich im Glockenturm des Rathauses im Kreis drehen. Lena und Omi Olga haben mir davon erzählt.
Damit niemand im Trubel verloren geht, scheuchen Frau Hübsch und Herr Meyer uns zum Fischbrunnen und schon geht es los. *Bimmeldibimm, bimmeldibimm,* macht es, ich stelle meine Augen auf megascharf und

sehe die ersten Figuren im Rathausturm auftauchen: Ritter auf Pferden, Musikanten mit Trompeten, kurz darauf in der unteren Etage tanzende Männchen.
Jette kichert links von mir (vielleicht findet sie das ja albern), Alina seufzt rechts von mir (bestimmt findet sie das megaromantisch).
Herr Meyer erklärt, dass die tanzenden Männchen in den Trachten Fassmacher sind, die an die Pest erinnern sollen, die hier mal gewütet hat.
„Die-tanzen-aber-langsam", sagt Alina mit ganz komisch kicheriger Stimme.
Ich fahre herum. „Alina, geht's dir gut?"
„Ja-ha!", tiriliert sie und breitet ihre Arme wie Vogelschwingen aus.
O weh, das ist ein ganz schlechtes Zeichen. Wenn Alina sich so komisch verhält, ist sie garantiert unterzuckert. Obwohl sie heftig protestiert, reiße ich ihr den Rucksack aus der Hand und nehme die Flasche Notfallapfelsaft raus.
„Das trinkst du jetzt", bestimme ich.
„Aber ich hab gaaar keeeiiinen Durst", lallt sie.
Das ist mir jetzt gerade ziemlich egal. Ich schraube die Flasche auf und halte sie Alina an den Mund. Widerwillig nimmt sie ein paar Schlucke.
„Frau Hübsch, wir müssen dringend eine Essenspause machen!", rufe ich. „Alina ist unterzuckert!"

Sie und Herr Meyer sind sofort zur Stelle und verfrachten Alina auf den Rand des Steinbrunnens. Ich bleibe die ganze Zeit an ihrer Seite, damit sie nicht noch ins Wasser purzelt. Nach einer halben Flasche Apfelsaft geht es ihr zum Glück schon wieder besser. Wie schrecklich, wenn Alina – fern von zu Hause – etwas passieren würde und wenn sie schlimmstenfalls noch im Krankenhaus landen würde! Nur, weil wir zu spät eine Essenspause eingelegt haben.

Ich glaube, Frau Hübsch hat ebenfalls einen ziemlichen Schrecken bekommen. Jedenfalls krallt sie sich die ganze Zeit am Arm ihres Kollegen fest und will ihn gar nicht mehr loslassen.

„So, Kinder. Kurzfristige Programmänderung." Herr Meyer befreit sich aus Frau Hübschs Klammergriff und tritt vor die Klasse. „Eigentlich wollten wir ja noch mit euch vor der Mittagspause auf den Alten Peter und danach im Englischen Garten picknicken."

„Alter Peter?", tönt Henning. „Was soll das denn sein?"

„Das ist die älteste Kirche Münchens."

„Und sie hat einen ziemlich hohen Turm, den man zu Fuß raufklettern kann", ergänzt Frau Hübsch.

„Ihr esst jetzt bitte hier", fährt unser Lehrer fort, „dann geht es auf den Alten Peter und am Nachmittag fahren wir in den Englischen Garten."

„Und was sollen wir im Englischen Garten mampfen,

wenn wir hier schon alles auffuttern?", will Mr Rülps allen Ernstes wissen.
„Den Rasen?", entgegnet Herr Meyer und alles lacht.
Bloß Kaspar steht mit hochroten Ohren da und fummelt an seiner Armeetasche herum. Keine Ahnung, wie Alina es mit einem aushält, der ständig so schrecklich babyhafte Anfälle hat.
Wenig später hocken wir uns auf den Rand des Fischbrunnens und packen die Lunchpakete aus, die Herr Meyer und Frau Hübsch austeilen. Ich bin gespannt, was wohl drin sein mag, aber irgendwie sind die Snacks dann doch ziemlich normal. Es gibt zwei Semmeln (eine mit Käse, eine mit Wurst), einen Apfel, eine kleine Packung Studentenfutter, einen eingeschweißten Muffin (der mich stark an die Teilchen erinnert, die Christi immer als Pausenbrot mitbekommt), eine Apfelsaftschorle und einen Schokoriegel.
„Hm, lecker!" Leonie, die Süßigkeiten nicht widerstehen kann, hat schon den Schokoriegel ausgepackt und beißt hinein. Ich esse lieber erst die Käsesemmel, dann habe ich später im Englischen Garten noch was zu naschen.
Hach, München!
Hach, Fischbrunnen!
Hach, Klassenfahrt!
Hach, Käsesemmel!

Beim fünften gedachten Hach (Hach, hübsches Rathaus!) gucke ich zufällig in Frau Hübschs und Herrn Meyers Richtung. Merkwürdig. Frau Hübsch wischt gerade eine Wimper von Herrn Meyers Wange und pustet sie lächelnd weg.

Ach du dickes Ei!

Das sieht tatsächlich nach Liebesalarm aus.

Wie kann das sein? Frau Hübsch ist doch angeblich mit einem hübschen Franzosen verlobt, Herr Meyer mit einer hübschen (wenn auch ziemlich alten) Sizilianerin, Portugiesin oder Brasilianerin.

Weil es mir peinlich ist, Zeugin von vielleicht noch schlimmeren Liebesanwandlungen zu werden, gucke ich lieber wieder zu Alina, Jette und Leonie rüber, die sich zum Glück nicht liebestrunken gegenseitig Wimpern wegpusten.

Jette-Alarm

Auf geht's. Stufe um Stufe die steile, enge Treppe des Alten Peter hinauf. Vor mir: Inga. Hinter mir: Leonie. Irgendwo ganz weit abgeschlagen: Jette und Alina. Aber egal. Wir werden uns schon oben auf dem Turm wiedersehen.

„Los, ihr lahmen Enten. Macht mal Platz!"

Oliver, Lars und Jens drängeln sich an uns vorbei und spurten, immer zwei Stufen auf einmal nehmend, los. Wahrscheinlich wollen sie einen neuen Rekord aufstellen. In fünf Minuten und 13 Sekunden rauf auf den 91 Meter hohen Turm. Typisch Jungs. Sie müssen immer die Größten, die Schnellsten, die Coolsten sein.

Wir Mädchen sind uns einig, dass das einfach nur albern ist, und gehen es lieber langsam an. 306 Stufen sind ja kein Pappenstiel. Mir reichen offen gestanden schon die fünf Stockwerke, die ich immer in dem schnieken Altbau bei Jettes Mutter hochstiefeln muss. Nach ungefähr 20 Stufen kommen uns Leute entgegen

und wir machen uns megadünn, um überhaupt aneinander vorbeizupassen. Ein Mann zerquetscht mich fast mit seinem Bierbauch, aber jetzt gibt es kein Zurück mehr. Ich will um jeden Preis da rauf und die hoffentlich mega-giga-irre Aussicht genießen.
„Die hätten uns auch mal vorher sagen können, dass es hier so eng ist.“ Ich drehe mich kurz nach Leonie um, die hinter mir japst und stöhnt.
„Stimmt“, keucht sie.
Damit ist unsere Unterhaltung auch schon wieder zu Ende. Wir müssen uns nämlich total auf den Aufstieg konzentrieren. Damit wir nicht stolpern, hintenüberkippen und mit der ganzen Menschenkarawane die vielen Stufen rückwärts runterpurzeln.
Eine Weile stiefeln wir schweigend weiter, dann meldet sich Leonie wieder zu Wort.
„Ich“, röchelt sie.
„Schaff das“, röchelt sie weiter.
„Nicht!“, presst sie mit letzter Kraft hervor.
„Doch, das schaffst du!“, schnaufe ich. „Du musst nur immer ans Ziel denken.“
Ich hole eine Flasche Wasser aus meiner Überlebenstasche und reiche sie Leonie. Da auch Christi und Sofia, die eben noch hinter Leonie waren, irgendwo im Turm zurückgeblieben sind, können wir ein paar Atemzüge lang verschnaufen.

Weiter oben treffen wir Henning, Lars und Jens, die sich mit mozzarellaweißen Gesichtern an die Wand pressen und wie Karpfen nach Luft schnappen.
Ich kann nicht anders und kichere los.
„Na, ihr lahmen Enten!“, rufe ich, nehme Leonie an die Hand und ganz locker überholen wir die drei Pappnasen. Sonst sind sie immer rotzfrech, jetzt kriegen sie nicht mal eine mickrige Silbe raus. 1:0 für uns.
Aber ich habe mich zu früh gefreut. Waren da eben noch Mauern, an denen man sich notfalls festhalten konnte, führt nun eine offene Holztreppe mit einem wackeligen Geländer in den Turm hinauf. Mir wird schwindelig und ich bleibe stehen.
„Leonie!“, sage ich mit erstickter Stimme und strecke die Hand nach ihr aus.
„Was denn?“ Leonie blickt mich an, als wäre alles ganz normal. Dabei ist nichts normal! Ich fühle mich, als müsste ich für immer hier oben, zwischen Himmel und Erde, stecken bleiben.
„Das … das ist schrecklich hoch! Und … ich … ich glaub, ich werde gleich … ohnmächtig!“
„Quatsch, Mia. Atme mal tief durch und denk ans Ziel. Dann wird das schon.“ Leonie nimmt meine Hand und hält sie ganz fest. „Du hast wohl nur ein bisschen Höhenangst.“
Ein bisschen ist gut. Im Moment fühlt es sich nach

mega-giga-irre viel Höhenangst an. Das Komische daran ist aber, dass ich noch nie zuvor so etwas gespürt habe. In Berlin bin ich den Fernsehturm raufgefahren, in Hamburg den Michel und beides fand ich einfach nur schön.

„Du musst keine Angst haben. Ich bin doch bei dir.“

Nur weil Leonie mich so warm anlächelt, hangele ich mich Zentimeter für Zentimeter an dem wackeligen Geländer entlang.

Du schaffst das schon, rede ich mir gut zu. *Vor dir sind Millionen von Menschen hier raufgekraxelt. Und bestimmt ist niemand ohnmächtig die Treppen runtergepurzelt.*

Ich weiß nicht, wie viele Minuten, Stunden oder Wochen vergehen und ob die Jahreszeiten darüber wechseln, aber dann stapfen wir an der Glockenstube vorbei und kurz darauf sind wir endlich oben. Geschafft!

Ich: einem Kollaps nahe.

Leonie: ebenfalls einem Kollaps nahe.

Ich reiße erst mal meine Jacke auf und lasse mir den kräftigen Wind, der hier oben pfeift, um die Nase wehen.

„Guck mal, ist das nicht der Wahnsinn!“, ruft Leonie und ihre Arme flattern in der Luft.

Langsam beruhigt sich mein Herzschlag und ich blicke mich um.

Ja, das ist der Wahnsinn! Über uns spannt sich ein irre blauer Himmel; unter mir bilden die Dächer der Altstadt ein Mosaik aus verschiedenen Rottönen. Der Marienplatz, das Rathaus, die Zwiebeltürme der Frauenkirche – alles sieht von hier oben miniklein wie Spielzeug aus. Ameisengroße Menschen wuseln umher und Matchboxautos fahren durch die Straßen.

„Oh, Mia, wenn ich das Enzo erzähle!“ Leonie knipst eifrig Fotos mit ihrem Handy. „Enzo liebt Türme. Und wenn er draufklettern kann, flippt er richtig aus.“

Ich bin auch kurz davor auszuflippen, weil es wirklich toll ist, hier oben zu stehen. Aber ich frage mich, wo Alina und Jette abgeblieben sind. Alle möglichen Leutchen aus unserer Klasse tauchen auf der Plattform auf, bloß Jette und Alina sind nirgends zu sehen.

„Wo die nur bleiben?“, sage ich mehr zu mir selbst und werfe einen Blick zur Eingangstür.

„Die kommen bestimmt gleich.“

Ich nicke Leonie zu, bin jedoch nicht wirklich beruhigt. Jette knipst wahrscheinlich Fotos mit ihrem Glitzerhandy oder quatscht mit Frau Hübsch übers Hübschsein, aber Alina könnte durch den anstrengenden Aufstieg wieder unterzuckert in irgendeiner Ecke hängen und schlimmstenfalls bemerkt es niemand.

Leonie mustert mich mit schief gelegtem Kopf. „Du machst dir Sorgen um Alina, stimmt's?“

Ich nicke.
Leonie streicht mir über den Arm. „Wir wissen doch alle, was zu tun ist, wenn sie unterzuckert ist. Außerdem hat sie gerade Saft getrunken und was gegessen und ihren Blutzucker gecheckt."
Wieder nicke ich. Meine Freundin hat Recht.
Wir drehen eine weitere Runde auf der windigen Aussichtsplattform, dann taucht endlich Frau Hübsch auf. Auch sie: knallrot und japsend. Knapp dahinter: Alina und Mr Rülps. Die beiden sind schweinchenrosa und japsen etwas weniger. Allerdings sieht es mehr nach Glücksjapsen als nach Überanstrengung aus. Alina reckt sich auf die Zehenspitzen und juchzt auf.
„Na, endlich!" Megaerleichtert falle ich ihr um den Hals. „Hast du Jette gesehen?"
„Jette?", fragt sie zurück, als hätte sie den Namen noch nie gehört.
„Ja! Das ist dieses Mädchen mit den langen blonden Haaren und der Brille. Unsere Schönheits-Queen. Die immer *Halt dich fest!* sagt und rote Sachen trägt."
Alina lacht. „Tut mir leid, hab ich nicht. Aber ich wette, sie läuft hier irgendwo rum."
Das mulmige Gefühl in meinem Magen wird immer stärker.
„Eben nicht! Leonie und ich sind doch schon länger hier."

„Jetzt mach dir mal keinen Kopf. Jette geht garantiert nicht verloren.“

Jette kann sehr wohl verloren gehen. Wer wüsste das nicht besser als ich! Das hier ist zwar München und nicht Berlin, aber trotzdem … Wo mag sie nur stecken? Ich nehme mein Handy aus meiner Überlebenstasche und trotz Handyverbot stelle ich es an.

„Mia?“ Herr Meyer ragt wie ein Riese vor mir auf. „Ich hab es langsam satt, dass euch eure Handys offenbar wichtiger sind als zum Beispiel die tolle Aussicht hier.“

Ich schüttele so heftig den Kopf, dass sich die Schmetterlingshaarspange lockert und fast aus meinem Pferdeschwanz fällt. „Jette ist nicht da! Ich wollte nur gucken, ob sie an ihr Handy geht.“

„Jette ist nicht da?“ Falten tauchen auf Herrn Meyers Stirn auf. „Wieso das denn nicht?“

Intelligente Frage. Und das von einem, der sonst Geschichtszahlen ausspuckt wie ein Lexikon.

„Okay, ruf sie an“, sagt er.

Es dauert ein Weilchen, bis das Display aufleuchtet, dann wähle ich Jettes Nummer.

„Gibt’s Probleme?“ Frau Hübsch kommt mit langen Schritten auf uns zu.

Herr Meyer wechselt ein paar Worte mit seiner Kollegin, dann fragt er: „Und? Geht sie ran?“

„Der Teilnehmer ist vorübergehend nicht erreichbar“, tönt es an meinem Ohr.
„Nein! Tut sie nicht! Kann sie ja auch schlecht, wenn ihr Handy ausgestellt ist!“ Ich bemühe mich, nicht zu kreischen, aber es hört sich trotzdem megaschrill an.
„Jetzt mal keine Panik“, beruhigt mich Herr Meyer. „So schnell kommt hier niemand abhanden. Jette kann ja jederzeit ihr Handy anstellen und sich bei dir melden.“
„Und wenn ihr Akku leer ist?“ Meine Stimme überschlägt sich fast. „Vielleicht hat sie ihr Handy ja auch verloren oder … ach, keine Ahnung.“
Ein paar Neugierige scharen sich um uns, darunter auch Leonie, Alina, Irina und Christi.
„Was ist denn los?“, will Christi wissen.
„Jette ist nicht da. Verschwunden! Einfach futsch!“ Am liebsten würde ich auf der Stelle losheulen, doch damit zaubere ich meine Freundin auch nicht wieder her.
Christi stöhnt. „Eigentlich könnte ja auch mal irgendwas glattlaufen, oder? Ständig geht hier jemand verloren!“
Herr Meyer trommelt die Klasse zusammen und gruppiert uns abseits, wo der Wind nicht so pfeift.
„Hat einer von euch Jette gesehen?“, will er wissen.
Alle schütteln die Köpfe.

„Bestimmt macht sie sich irgendwo schön“, feixt Lars.
„Lars, das ist jetzt nicht der richtige Zeitpunkt für Scherze“, ergreift Frau Hübsch das Wort. „Ist jemand von euch mit ihr den Turm raufgestiegen?“
Wieder nur Kopfschütteln.
Herr Meyer und Frau Hübsch blicken sich an. Wahrscheinlich denken sie genau das, was mir gerade durch den Kopf geht: Wenn niemand Jette beim Raufkraxeln gesehen hat, ist sie wahrscheinlich gar nicht mit hochgeklettert.
Aber wieso nicht? Und warum habe ich, ihre allerallerALLERbeste Freundin, es nicht mal bemerkt?
„Mia, wo hast du Jette zum letzten Mal gesehen?“, erkundigt sich Frau Hübsch.
„Ich weiß nicht … ich glaub … äh, das war …“, stammele ich.
„Ichweißnichtichglaubähdaswar“, äfft Henning mich nach.
„Henning!“ Frau Hübsch sieht jetzt ziemlich ungemütlich aus. „Jette ist weg und ich wäre sehr froh, wenn sie bald wieder auftauchen würde.“
Christis Hand fliegt in die Luft. „Ich glaub, ich hab sie zuletzt unten beim Kartenverkäufer gesehen. Sie stand bei den Postkarten.“
Jetzt erinnere ich mich auch. Jette hat eine Postkarte

nach der anderen rausgenommen und sie angeguckt, als müsste sie sie später auswendig nachmalen. Danach bin ich Leonie hinterhergedackelt und habe glatt vergessen, dass man seine alleralllerALLERbeste Freundin nicht einfach bei den Postkarten stehenlässt, sondern sie unterhakt und mitnimmt.

Ich bin eine miese Freundin.

Ich bin die mieseste Freundin, die man sich nur vorstellen kann!

Und jetzt läuft Jette ganz allein durch München oder ist womöglich schon von tollen Männern in schnittigen Wagen angesprochen worden. Hoffentlich ist sie nicht bei irgendeinem gegelten Typen eingestiegen.

Frau Hübsch und Herr Meyer tuscheln miteinander, dann meint Herr Meyer: „Mia, bist du so nett und kommst schon mal mit mir runter? Jette suchen?"

Ich nicke mit Wackelkontakt im Nacken. Natürlich will ich runter. Und zwar so schnell wie möglich. Völlig egal, dass der Ausblick hier so mega-giga-irre toll ist und ich eigentlich prüfen wollte, ob ich in der Ferne die Alpen erspähen kann.

„Soll ich mit runtergehen?", bietet sich Leonie an.

„Ich kann auch mitkommen", sagt Alina, aber Frau Hübsch und Herr Meyer winken ab.

„Tschüss, München-von-oben", murmele ich, dann machen Herr Meyer und ich uns an den Abstieg.

Husch durch die Tür, und schon sind wir im Treppenhaus.
Ein Glück, dass ich mich so sehr um Jette sorge. So vergesse ich ein bisschen, dass ich vor Höhenangst ganz wischiwaschi im Kopf bin und es ein Horror für mich ist, die 306 Stufen über schwindelerregende Treppen wieder nach unten zu stapfen. Noch mal Glück, dass Herr Meyer mir den Weg freikämpft. Und dass ich, wenn ich bloß stur auf seinen Schrank-Rücken gucke, gar nicht sehe, wie tief es runtergeht. Falls ich einen Schwindelanfall kriege und taumele, fängt er mich bestimmt auf.
Trotzdem habe ich einen Drehwurm, als wir nach einer halben Ewigkeit unten ankommen, und muss erst mal verschnaufen.
Ich gucke mich um. Meistens leuchtet Jettes blonde Traummähne ja schon von ferne. Aber der Platz rund um die Kirche ist komplett Jette-los. Bloß eine japanische Reisegruppe drängelt sich am Eingang des Alten Peter.
Ich blicke nach oben und sehe im selben Moment ein Ding auf mich zurasen. Eine tote Taube? Ein Meteoritenbrocken? Irgendwie höre ich mich noch schreien, schaffe es aber nicht mehr, mich aus der Schusslinie zu bringen. *Doing!*, prallt das Ding gegen meine Schulter und rumst zu Boden.

„Alles in Ordnung, Mia?“
Ich reibe mir die Schulter, aber zum Glück tut sie nur ein bisschen weh.
„Mhm. Geht schon.“
Herr Meyer bückt sich, dann hält er mir einen grauen Turnschuh mit weißen Sternen hin. Der ist ziemlich ausgelatscht und mieft mich an. Bäh!
„Das kann ja wohl nicht wahr sein.“ Er blickt nach oben. „Da hat irgendjemand seinen Schuh ausgezogen und runtergeworfen!“
„Der irgendjemand ist Kaspar“, stöhne ich. Ich weiß das deshalb so genau, weil Alina seit ein paar Wochen von grauen Turnschuhen mit weißen Sternen schwärmt.
„Na, der kann sich auf was gefasst machen“, brummt Herr Meyer.
Von mir aus, aber im Moment habe ich andere Sorgen. Jette. Wo ist sie nur abgeblieben?
Herrn Meyers Handy klingelt und er geht ran. „Nein, wir haben sie nicht gefunden. Sag mal, hat Kaspar zufällig seinen Turnschuh runtergeworfen?“
Eine Weile nickt er einem unsichtbaren Wesen in der Ferne zu, dann brummt er ein paar *Hms* und legt auf.
„Die Jungs hatten mal wieder nichts Besseres zu tun, als rumzualbern und Kaspars Schuh über die Brüstung zu halten. Henning hat ihn dann losgelassen.“

„Babys“, brumme ich.
„Allerdings“, brummt mein Lehrer hinterher.
„Hat Frau Hübsch sonst noch was gesagt?“
Herr Meyer schüttelt den Kopf. „Probier’s doch noch mal auf Jettes Handy.“
Ziemlich mutlos wähle ich ihre Nummer.
„Ja, Mia?“, tönt es bloß einen Atemzug später an meinem Ohr. „Was gibt’s?“
Ich bin platt. Jette hat sich aus dem Staub gemacht und fragt *mich*, was es gibt?
„WO STECKST DU?“, schnauze ich sie an.
„Na, hier!“
„Und wo ist *Na, hier*?“
„Gleich um die Ecke beim Buchladen. Seid ihr etwa schon fertig?“
Ich halte das Handy kurz weg und gebe Herrn Meyer Bescheid.
„Sag ihr, sie soll sofort zum Postkartenstand am Alten Peter kommen.“
„Ich soll dir von Herrn Meyer sagen, dass du sofort zum Postkartenstand am Alten Peter kommen sollst!“, echoe ich. „Aber SUBITO!“
„Was regst du dich denn so auf?“, trötet Jette. „Bin doch schon da.“
Tatsächlich flattert eine Person mit blonder Traummähne und Brille auf der Nase herbei. Lakritzschne-

cken aus einer Tüte futternd. Total entspannt grinsend. Als hätten wir uns nicht gerade zu Tode gesorgt.

ICH FASSE ES NICHT.

„Huhu!“, ruft sie uns entgegen und bietet uns von den Lakritzschnecken an.

„Huhu“, kommt es matt über meine Lippen. Vorsichtshalber nehme ich mir eine Schnecke. Es könnte ja sein, dass ich durch die Käse-Schuh-Attacke und die Jette-Horror-Aktion auch schon am Rande der Unterzuckerung bin.

„Jette, wo warst du?“ Herr Meyer klingt gereizt.

Auch wenn Jette lustig weiterkaut, zuckt sie doch ein klein wenig zusammen.

„Ich … äh … war … äh … einkaufen.“

„Einkaufen?“

„Äh, ja.“ Verlegen schüttelt sie ihre Blondpracht ins Gesicht.

„Und was hast du eingekauft?“

„Dirndl.“

„Dirndl?“ Herr Meyer schnaubt.

„Was?“, grunze ich. „Du hast ein Dirndl gekauft? Wo ist es denn?“

„Ich hab nicht direkt eins gekauft“, druckst sie. „Eher … angeguckt.“ Als ob das irgendwas besser machen würde, redet sie mit Quietschstimme weiter: „Die sind ja so was von schweineteuer! So viel Geld würde nicht mal meine Mama für ein Kleid ausgeben!"

Gewitterwolken brauen sich auf Herrn Meyers Stirn zusammen. „Jette, kommst du bitte mal eben?"

Sonst ist Jette immer total selbstbewusst, doch jetzt wandern ihre Schultern hoch und sie wird blass.

Ich würde den beiden am liebsten hinterherschleichen. Um meiner besten Freundin beizustehen, falls Herr Meyer sie so richtig zur Schnecke macht. Aber ich traue mich nicht. Und eigentlich hat Jette ja auch selbst Schuld. Wieso treibt sie sich in Dirndl-Läden herum, während der Rest der Klasse den Alten Peter hochklettert? Das ist einfach nur bescheuert. Da würde ich mich als Lehrer auch aufregen.

Etwas abseits knöpft sich Herr Meyer Jette vor. Ich verstehe zwar nicht, was sie reden, doch was ich sehe, ist nicht besonders spaßig. Der sowieso schon hünenhafte Herr Meyer wirkt noch größer, als er sich auf die Zehenspitzen stellt und ihr eine Standpauke hält.

Jette tut gar nichts. Außer sich hinter ihrem Haarvorhang zu verstecken und im Zeitraffer zu schrumpfen.

Als Herr Meyer mit Poltern fertig ist, macht Jette einen artigen Mädchenknicks (hallo?), dann tänzelt sie auf mich zu.

„Und? Wie war's?", will ich wissen.

„Na, wie schon. Tausend Jahre nachsitzen."

Ich muss lachen. Jette wäre nicht Jette, hätte sie nicht immer einen Spruch auf Lager.
„Jetzt mal im Ernst“, sagt sie. „Er hat gemeint, dass er vielleicht gar nicht immer als Lehrer arbeiten möchte.“
„Wieso das denn nicht?“
„Weil es ihn so viel Nerven kostet. Also, mit uns Schülern. Und dass es doch viel netter wäre, einfach mit seiner Band Musik zu machen. Und sich die Nächte in verrauchten Kellerräumen um die Ohren zu schlagen.“
„Das hat er wirklich gesagt?“
Jette nickt mit treuherzigem Augenaufschlag.
„Menno, Jette! Wenn der nette Herr Meyer jetzt kündigt, bist du schuld.“
„Bin ich nicht!“
„Bist du doch!“
„Bin ich nicht!“
„Bist du doch!“
Wir kabbeln uns immer noch, als sich nach und nach der Rest der Klasse einfindet. Alina und Kaspar (Kaspar hüpft schuhlos auf einem Bein), Leonie, Christi und Sofia, die restlichen Mädchen, erst ganz zum Schluss die Jungs und eine gar nicht mehr hübsche Frau Hübsch. Ihr kurzes blondes Haar ist vom Wind zerzaust und ihr Gesicht rot gefleckt.
Vielleicht hat ihr die Sache mit Jette ja auch so zuge-

setzt, dass sie nach der Klassenreise sofort kündigen will. Weil ihre Nerven das einfach nicht länger mitmachen.
Während Herr Meyer sich die Jungs vorknöpft (der Turnschuh hätte mich auch richtig schlimm verletzen können), stürzen Alina und Leonie auf uns zu.
„Wo hast du bloß die ganze Zeit gesteckt?“, will Alina wissen.
Jettes Mund klappt auf und wieder zu.
„Sie war Dirndl shoppen“, sage ich an ihrer Stelle.
„Dirndl?“, wiederholt Alina ungläubig. „Was willst du denn mit einem Dirndl?“
Jette zuckt mit den Schultern. Im nächsten Moment wendet sie sich wieder den Postkarten zu, als gäbe es nichts Spannenderes auf der Welt. Na gut. Wie sie meint.
Unsere Lehrer tuscheln miteinander, dann erschallt Herrn Meyers Schauspielerstimme: „So, Abflug! Wir fahren jetzt an den See im Englischen Garten. Ich glaube, wir haben alle etwas Erholung nötig.“
Kaum ausgesprochen, fährt der Bus vor. Herr Meyer zählt alle Schüler und Schülerinnen durch, Frau Hübsch zählt sicherheitshalber ein zweites Mal nach und wir steigen ein.
Während der Bus durch die megavolle Stadt ruckelt, lehnt Jette ihren Kopf gegen meine Schulter und

schnarcht los. Allerdings so übertrieben, dass ich ihr das nicht abkaufe.
„Jette, ich weiß, dass du nicht schläfst", sage ich. „Was ist los?"
„Nichts."
„Das stimmt doch jetzt nicht." Ich kneife sie ein bisschen. „Und lüg mich nicht immer an."
„Ich lüge dich nicht an. Ich bin einfach nur müde."
Kein Wunder, wenn sie die ganze Nacht wach ist und ihre Mit-im-Zimmer-Schläferinnen auf Trab hält. Trotzdem ist Jette nicht so gestrickt, dass sie nach einer schlaflosen Nacht gleich schlappmacht.
„Wenn du mir nicht sofort sagst, was vorhin los war, rede ich nie wieder ein Wort mit dir", drohe ich.
„Man muss doch nicht immer reden. Du quasselst manchmal, als hättest du einen Liter Cola getrunken."
Wir schweigen und ich überlege, ob an Jettes Spruch etwas dran sein könnte. Quassele ich wirklich zu viel? Und ist Jette davon genervt? Andererseits quasselt sie mindestens genauso viel wie ich. Wenn nicht noch mehr. Manchmal ist sie ein richtiger Quasselmat. Und auf unsere Quasselsabbel-Nachmittage möchte doch keine von uns verzichten.
Als wir wieder megalange an einer Ampel warten müssen, beugt Jette sich zu mir rüber und flüstert: „Bist du jetzt eingeschnappt, Miss Butterfly?"

„Grrr“, mache ich bloß.
„Tut mir leid. Das war nicht so gemeint.“ Sie lehnt sich wieder gegen mich und sagt: „Ich bin total blöde.“
Ich gucke sie überrascht an. Aber sie guckt nicht zurück, sondern starrt verkniffen den Vordersitz an.
„Okay, du bist total blöde. Das weiß ich jetzt. Und weiter?“
„Mir ist das so peinlich, Mia.“ Sie ist ganz klein mit Hut.
„WAS?“
Keine Antwort.
„Nun sag schon! Wir sind doch beste Freundinnen. Da muss man sich nicht schämen.“
„Also gut. Ich hab mich nicht getraut.“
„Was hast du dich nicht getraut?“
„Auf den hohen Turm zu klettern.“ Sie senkt den Blick und ihre Haare fallen ihr ins Gesicht.
Ich bin baff. Jette traut sich nicht, einen Turm raufzusteigen?
„Echt jetzt?“, frage ich. Vielleicht veräppelt sie mich ja gerade ganz gewaltig?
„Echt jetzt. Aber du sagst es nicht den anderen, okay?“
Ich nicke.
Der Bus fährt ruckelnd weiter und Jette erklärt, dass sie seit unserer Berlinreise Angst vor hohen Türmen hat.

„Findest du das schlimm, Miss Butterfly?"
Ich schüttele den Kopf.
„Peinlich?"
Wieder schüttele ich den Kopf.
„Aber es ist doch schlimm und peinlich."
„Ja, ist es."
„Also doch!"
Jette zieht ein total betrübtes Gesicht und ich breche in Gelächter aus. Ich lache und lache, bis mir schon die Tränen kommen.
„Und was ist daran so komisch?", will sie wissen.
„Ich muss dir auch was beichten", nuschele ich. Und dann erzähle ich ihr, wie viele Tode ich beim Aufstieg auf den Alten Peter gestorben bin (nämlich mindestens tausend). Und dass ich seit einer knappen Stunde auch ganz schreckliche Höhenangst habe.
„Ehrlich, Miss Butterfly?"
„Ganz ehrlich. Aber dass du mir nicht Bescheid gesagt hast, war trotzdem total bescheuert von dir."
Jette zieht ein zerknirschtes Gesicht. „Kommt nicht wieder vor. Versprochen."
Dann schauen wir nach draußen, weil wir keine einzige München-Sekunde mehr verpassen wollen.

Liebes Tagebuch, lieber Punkteeinband, liebes Papier, liebe Atome im Papier,

ups, ist das wackelig im Bus, aber ich muss schnell was hinschrei … ei … eiben.
1. München ist mega-giga-irre toll! Es gibt so viele geschichtsträchtige Gebäude (so sagt Herr Meyer) mit Geschnörkel und Schnickschnack, dass man ständig kichern, jodeln oder herumalbern muss.
2. Gerade fährt uns der Bus in den Englischen Garten, wo wir den Rest des Nachmittags verbringen werden. Zum Glück habe ich noch was Leckeres in meinem Lunchpaket.
3. Jette und ich haben etwas gemeinsam. Beide haben wir Angst, hohe Türme zu besteigen. Trotzdem bin ich froh, dass ich oben war. Die Aussicht war super. Nur schade, dass ich wegen Jette so in Sorge war. Sonst hätte ich ein paar Fotos schießen und sie ihr zeigen können.
4. So, liebes Tagebuch. Wir sind gleich da. Ich klapp dich jetzt zu.

Liebesalarm

Mein Magen hängt schon wieder in den Kniekehlen, als wir am See ankommen. Herr Meyer konnte es nämlich nicht lassen und hat nach dem Aussteigen einen ellenlangen Vortrag über englische Landschaftsgärten gehalten. Was niemanden die Bohne interessiert hat. Danach ging es eine halbe Ewigkeit zu Fuß durch die Grünanlage. Vorbei am Chinesischen Turm mit dem Biergarten, in dem trotz Nieselpieselregen ein paar Leute hockten. Und schließlich kreuz und quer über verschlungene Sandwege bis zum See.

Zum Glück hat der Nieselpieselregen aufgehört, aber Frau Hübsch besteht trotzdem darauf, dass wir uns auf die Bänke setzen. Damit wir uns nicht noch im feuchten Gras verkühlen. Jette, Leonie, Christi und ich ergattern eine freie Bank. Alina hat sich wieder an Kaspar angedockt.

Uff, hinsetzen. Die Reste vom Mittagessen aufessen. Zum Glück habe ich noch das süße Teilchen und das

Studentenfutter. Jette packt den Apfel aus, Christi wühlt in ihrer Tasche und holt den Schokoriegel raus, Leonie hat eine halbe Käsesemmel übrig gelassen.
„Wie süß sind die denn!“ Leonie zeigt auf eine Schar Enten, die im Anmarsch sind.
„Süß, aber bestimmt megagefräßig.“ Jette schnuppert an dem Obst, als könnte es vergammelt sein.
Ich breche ein Stückchen vom süßen Teilchen ab und werfe es den Enten hin. Leonie opfert ein paar Krümel von ihrem Brötchen.
Quak, schnatter – zu den Enten gesellen sich jetzt auch noch Gänse und ein Schwanenpaar.
„Menno, ihr sollt die nicht anlocken“, motzt Jette und hält den Apfel hoch.
„Und wieso nicht?“, will Leonie wissen. Leonie liebt alle Tiere. Ob klein, ob groß, ob hübsch, ob hässlich.
„Weil die vielleicht beißen?“
„Wenn du ihnen nichts abgibst, tun sie das garantiert.“
Leonie kichert. „An ihrer Stelle würde ich jedenfalls ordentlich zuhacken.“
„Grrr“, macht Jette bloß.
Hoffentlich kabbeln sich die beiden jetzt nicht. Alles ist gerade so schön harmonisch. Niemand ist verschwunden, niemand wird mit Turnschuhen beschossen und niemand beschmaddert Kirchen mit rosafarbenem Joghurt.

„Na, dann guten Appetit.“ Leonie wirft den Enten ein letztes Stück Brötchen hin. Immer mehr Viecher watscheln auf uns zu.
„Weg! Haut ab!“, kreischt Jette so laut, dass Herr Meyer und Frau Hübsch, die etwas abseits sitzen, kurz zu uns herübergucken.
„Jetzt mach dir bloß nicht ins Hemd“, tönt Leonie. „Das sind ganz friedliche Tiere.“
Jette guckt nicht sehr überzeugt.
Ich fasse es nicht. Die sonst so unerschrockene Jette hat plötzlich nicht nur Angst vor Türmen, sondern auch vor Enten und Gänsen?
„Die tun dir nichts“, beruhige ich sie.
Bevor Jette noch durchdreht, stehe ich auf und scheuche die Gänsevögel zum See.
Jette lächelt mich dankbar an.
Ihr Blick geht zu Alina, die neben Mr Rülps auf der Nachbarbank sitzt und ihn verträumt ansieht.
„Nervt euch das auch so?“, frage ich.
„Ziemlich“, pflichtet mir Jette bei und Leonie nickt sowieso. Nur Christi hält sich raus.
Jette war zwar auch schon mal verknallt (am heftigsten in meinen schönen Bruder Lukas), trotzdem hatte sie immer noch Zeit für ihre Freundinnen.
„Ich kapier auch gar nicht, wie man sich mit so einem Baby abgeben kann“, fährt Jette fort.

„Tja, wo die Liebe hinfällt“, sage ich und schiele unauffällig zu Christi rüber. Dass die mit meinem Bruder zusammen ist, versteht ja auch keiner.
„Überall Verliebte“, stöhnt Leonie. „Können die nicht zu Hause auf verknallt machen? Damit andere Leute das nicht mitkriegen müssen? Das ist doch megaeklig.“ Sie deutet mit dem Kopf auf ein vorbeischlenderndes Pärchen, das sich einen Kuss auf den Mund schmatzt. Als Nächstes gleitet ihr Blick zu Herrn Meyer und Frau Hübsch, die mal wieder die Köpfe zusammenstecken und quatschen. Frau Hübsch lacht glockenhell auf, wirft ihren Kopf in den Nacken und zeigt ihre blendend weißen Zähne, woraufhin Herr Meyer losröhrt und seine weniger weißen Zähne zeigt. Er parkt seine Pranke auf Frau Hübschs Schulter und eine Gänsehaut kriecht mir über den Rücken.
Ups.
Ob Herr Meyer seine Geliebte doch zu alt findet und die Klassenfahrt nutzt, um sich an die hübsche Frau Hübsch ranzumachen? Vielleicht findet ja auch Frau Hübsch ihren französischen Verlobten nicht mehr prickelnd und genießt es, dass Herr Meyer sie mit seiner Schauspielerstimme umgarnt?
Als hätte Jette meine Gedanken erraten, rempelt sie mich an und sagt: „Wenn ihr mich fragt, sieht das ganz schön nach Liebesalarm aus.“

„Auf jeden Fall gucken sich die beiden ständig verknallt an“, pflichte ich ihr bei. „Das ist mir heute Morgen auch schon aufgefallen.“

Jette runzelt die Stirn. „Komisch. Herr Meyer sah auf dem Handyfoto so happy aus.“

Ich zucke mit den Achseln. „Vielleicht ist ihm ja aufgefallen, wie hübsch Frau Hübsch ist. Und wie jung.“

„Glaubt ihr, Herr Meyer betrügt seine Freundin mit Frau Hübsch?“, fragt Christi so ernsthaft, als wären wir das offizielle Herr-Meyer-Auskunftsbüro.

„Keine Ahnung. Aber dann betrügt Frau Hübsch ja vielleicht auch ihren französischen Verlobten mit Herrn Meyer“, überlege ich.

„Igitt“, meint Leonie und zerknüllt die Semmeltüte. „Betrügen ist ja wohl das Allerletzte. Und ist Frau Hübsch nicht eigentlich viel zu hübsch, um so was zu tun?“

Jette wiehert los. „Du meinst also, hübsche Menschen machen nie hässliche Dinge?“

„Keine Ahnung. Aber ich traue Frau Hübsch so was nicht zu.“

„Ich auch nicht“, pflichte ich Jette bei. „Sie ist irgendwie so …“

Bevor ich den Satz zu Ende bringen kann, beugt sich Frau Hübsch weit zu Herrn Meyer rüber, als wolle sie ihn gleich abknutschen. Das geht aber echt zu weit!

Im nächsten Moment klopft sie ihrem Kollegen auf die Schulter, springt auf und eilt Richtung Chinesischer Turm davon.
Leonie, Jette und ich sehen uns ratlos an.
„Kapiert ihr das?“, fragt Leonie.
„Ja“, sagt Jette. „Bestimmt geht sie ein hübsches Dirndl kaufen, in dem sie dann Herrn Meyer becircen will.“
Kurz darauf kommt Alina zu uns und blickt sich suchend um. „Wo ist denn Frau Hübsch?“
„Weg“, sagt Jette. „Dirndl shoppen.“
„Häh?“, macht Alina und wir erzählen ihr, worüber wir gerade geredet haben. Statt sich aufzuregen, fangen ihre Augen an zu glänzen.
„Das wäre ja so romantisch!“, zwitschert sie. „Herr Meyer und Frau Hübsch!“
„Was ist mit Herrn Meyer und Frau Hübsch?“ Sofia kommt, an einem Apfel knabbernd, herbeigetrödelt.
„Nichts“, sage ich.
„Kann sein, dass die beiden rumturteln“, petzt Jette.
„Kann gar nicht sein, dass die beiden rumturteln“, widerspricht Leonie.
Sofias fragender Blick fliegt zwischen uns dreien hin und her.
„Kann doch sein“, seufze ich. „Leider. Die kleben schon die ganze Zeit wie Brief und Briefmarke aneinander. Und gucken sich verknallt an. Und tuscheln.“

„Ja und?", meint Sofia. „Macht doch nichts."
Wir verzichten darauf, ihr zu erklären, dass Frau Hübsch einen französischen Verlobten und Herr Meyer eine steinalte brasilianische, sizilianische oder portugiesische Geliebte hat. Und eigentlich geht uns das ja auch alles nichts an. Lieber genieße ich noch den Englischen Garten, bevor es zurück ins Hostel geht.
Hach, München!

Es ist schon fast Abendbrotzeit, als wir aufbrechen. Bis 19 Uhr gibt es warmes Essen im Hostel und das wollen wir natürlich nicht verpassen.
„Wo steckt eigentlich Frau Hübsch?", fragt Jette Herrn Meyer mit Megaharmlos-Stimme, als wir durch den Park zum Bus traben.
„Die hat noch was zu erledigen."
Die hat noch was zu erledigen! Das ist doch wirklich eine der dümmsten Antworten, die ich jemals gehört habe.
„Und was?", hakt Jette frech nach.
„Du bist ja wohl gar nicht neugierig, was?" Herr Meyer lacht. „Das weiß ich leider auch nicht so genau. Aber du kannst deine Lehrerin später gerne fragen."
Doch dazu soll es nicht kommen. Denn auch beim

Abendessen bleibt Frau Hübsch wie vom Erdboden verschluckt.
„Komisch“, meint Jette, während wir am Buffet anstehen. „Ich dachte immer, die Lehrer müssen rund um die Uhr auf uns aufpassen.“
„Aber sie sind ja auch nicht unsere Babysitter.“ Ich werfe ihr einen vielsagenden Blick zu. Stichpunkt Alter Peter.
Vor der Essenstafel drängt sich eine Schar ausgehungerter Schüler. Es gibt Hähnchen mit Pommes, Erbseneintopf mit Würstchen und Gemüselasagne. Salat und Nachtisch kann man sich so viel nehmen, wie man will. Ich überlege einen Moment, entscheide mich dann für die Lasagne. Leonie nimmt ebenfalls die Lasagne, Alina und Jette das Hähnchen.
Christi und Sofia, die vor uns dran waren, wollten vier Plätze für uns freihalten. Doch als wir mit unseren Tabletts angestiefelt kommen, haben sich schon Meike, Irina und Amy zu ihnen gesetzt.
Ich scanne den Raum. Nirgends ist mehr was frei.
„Ich will aber nicht mit Wildfremden essen“, mault Leonie. „Und mit den Jungs schon gar nicht.“
„Wieso, die beißen doch nicht“, meint Alina und steuert den Tisch an, an dem Henning, Lars und Mr Rülps thronen. Notgedrungen dackeln wir hinterher.
„Rückt ihr mal ein bisschen zusammen?“, fragt Alina.

Klar. Könige wollen gebeten werden.
Mr Rülps rutscht gentlemanlike zur Seite. Henning und Lars bewegen sich gerade mal ein paar Millimeter und unter Einsatz unserer Ellenbogen quetschen wir uns mit an den Tisch.
„Hast du schon eine Idee?“, fragt Lars seine Freunde. Er hat dem armen Hähnchen das Bein ausgerissen und kaut darauf herum.
„Zahnpasta an die Türklinke schmieren“, sagt Henning. „Geht immer!“
„Oder Frau Hübschs Socken mit Pudding abfüllen.“ Mr Rülps, der als Einziger den Erbseneintopf löffelt, will sich ausschütten vor Lachen.
„Ihr wollt doch wohl nicht etwa die Lehrer reinlegen?“, frage ich.
„Na, und ob!“ Henning bleckt wie ein Pferd die Zähne. „Eine Klassenfahrt ohne Streiche ist doch keine echte Klassenfahrt.“
Leonie schnaubt nur verächtlich.
„Wie kindisch ist das denn!“, regt sich Jette auf.
„Oberkindisch“, sage ich. Ich finde es ziemlich gemein, ausgerechnet die nette Frau Hübsch und den netten Herrn Meyer zu vergackeiern. Das haben die beiden echt nicht verdient.
Mr Rülps’ Blick geht zu Alina, die angestrengt auf ihr unangetastetes Essen guckt.

„Also ehrlich gesagt …“, gesteht sie stockend. „So toll finde ich das auch nicht. Es ist ja nicht mal richtig lustig.“
Mr Rülps’ Lächeln erlischt. „Nicht richtig lustig?“
„Nee, nicht richtig lustig“, bestätige ich und Jette fügt hinzu: „Überhaupt kein bisschen lustig.“
„Totalunluschtich“, nuschelt Leonie, mit beiden Backen kauend, hinterher.
„Okay, unlustig“, meint Mr Rülps zu den anderen Jungs. „Aktion gestorben.“
Ich kriege kurz mal eben einen Kicheranfall. Nicht weil ich Mr Rülps urkomisch finde, sondern weil Alina so eine Macht über ihn hat. Als wäre sie mit ihren schönen roten Haaren eine echte Hexe.

Was Sühüßes

„Alles ist so mega-giga-irre schön hier! Die Kirchen! Und die Türme! Und die Enten! Und die Hähnchen! Und die Teufel mit ihren Fußabdrücken und …“

„Mia? Ist alles in Ordnung mit dir?“ Mami klingt so weit weg, als wäre sie am Nordpol.

„Ja, wieso?“

„Du bist ja ganz durcheinander.“

Bevor ich irgendwas halbwegs Normales sagen kann, habe ich Papi am Ohr.

„Scheucht euch mein Kollege etwa den ganzen Tag durch die Gegend und füttert euch mit Geschichtswissen?“

„Äh …“

„Soll ich ihn anrufen und ihm sagen, dass er mal halblang machen soll?“

„Wehe!“, kreische ich so laut, dass Alina, die am offenen Fenster steht, zusammenzuckt.

Wie peinlich, wenn Papi das tun würde. Dann würde

ich als Petze von etwas dastehen, das ich nie gesagt habe.
Eine Millisekunde später tönt Omi Olgas Stimme an meinem Ohr: „Alles klar, mein Schmetterling? Willst du mal meine Freundin Swami-Suki-Ursel besuchen?"
„Omi, ich bin auf Klassenfahrt!"
Was denkt Omi eigentlich? Dass ich abends allein mit der U-Bahn herumfahre, um irgendeine durchgeknallte Freundin von ihr zu besuchen?
„Aber sie möchte dich so gerne kennenlernen."
„Nein, O…"
Bevor ich das „mi" über die Lippen bringe, trötet Lena in mein Ohr: „Mia?!"
„Ja, ich bin dran."
Im Hintergrund höre ich meine Babyschwester Josefinchen schreien. Wahrscheinlich will sie auch mal mit mir telefonieren, aber Mami lässt sie nicht, weil sie immer den ganzen Apparat besabbert.
Lena erzählt mir irgendwas total Langweiliges aus ihrem total langweiligen Schulalltag. Und zwar so lang und breit, dass ich genervt von einem Fuß auf den anderen trete. Jette, Alina, Leonie und ich wollen uns nämlich die Schlafsachen anziehen, uns gemütlich in unsere Betten kuscheln und den ersten aufregenden Tag in München mit einem Quasselsabbelabend ausklingen lassen. Um zehn sollen wir zwar das Licht ausmachen

(Hilfe, es ist schon fast halb zehn), aber wir können ja auch noch im Dunkeln ein paar Minuten weitermachen, ohne dass die Lehrer was davon mitkriegen.
Lena unterbricht ihren total langweiligen Schulbericht und fragt übergangslos: „Bringst du mir was mit, Mia? Was richtig Süßes?“
„Menno, Lena, Gummibärchen kannst du auch in Hamburg kaufen.“
„Ich mein aber nichts Süßes, sondern was Sühüßes.“
„Und was ist was Sühüßes?“
„Ein rosa T-Shirt, auf dem *München* steht. Oder ein Kuschelkissen, auf dem *München* steht. Oder ein Kuli, auf dem *München* steht. Oder ...“
„Da weiß ich was Besseres“, falle ich ihr ins Wort. „Ich schicke dir einen Tätowierer vorbei, der dir *München* auf den Arm tätowiert.“
„Nein!“, kreischt Lena, dann tröten mir alle *Gute Nacht* ins Ohr (sogar Josefinchen trötet mit) und ich lege auf.

Gefühlte Stunden später liegen Jette, Alina, Leonie und ich in unseren Betten und kauen die Ereignisse des Tages durch. Christi ist noch im Waschraum oder telefoniert draußen mit meinem Bruder oder spielt irgendwo in den Fluren Bärchennachthemdgeist.

„Jetzt mal ehrlich, Jette“, sagt Alina in die Dunkelheit. „Wieso bist du nicht mit auf den Alten Peter gekommen?“
„Hmpff“, höre ich.
„Hmpff?“, hakt Alina nach.
„Ja, hmpff.“ Eine kleine Pause entsteht, dann brummt Jette: „Okay, also ...“
Sie kommt nicht mehr dazu, Alina und Jette ihre Höhenangst zu gestehen, denn die Tür fliegt auf, im nächsten Moment gibt es einen Rums und jemand, der wie Christi klingt, jault: „Aua-autsch!“
Ich knipse das kleine Lämpchen über meinem Kopf an.
Christi hockt in ihrem Geister-Outfit auf dem Boden und reibt sich das Schienbein.
„Alles okay?“
„Geht schon. Ich hab mich nur an der Tischkante gestoßen.“ Sie schnappt sich ihren Kulturbeutel, rappelt sich hoch und humpelt zu ihrem Bett am Fenster. „Übrigens ist Frau Hübsch wieder da. Sie hockt mit Herrn Meyer in der Eingangshalle und trinkt Espresso.“
„Echt? Um diese Uhrzeit Kaffee?“, sagt Alina mit gerunzelter Stirn. „Wie kann sie denn dann einschlafen?“
„Mein Stiefvater trinkt immer Espresso nach dem Essen“, wirft Leonie ein. „Und schläft danach wie ein Murmeltier.“

„Vielleicht will Frau Hübsch ja gar nicht einschlafen“, meint Jette.
Ihre Haare wallen über die Bettkante und sie grinst mich über Kopf an.
„Hast du irgendwas aufgeschnappt?“, will ich wissen.
Christis nackte Füße zappeln einen Moment in der Luft, dann schwingt sie sich ins Bett. „Nicht so richtig. Bestimmt haben sie sich über morgen unterhalten.“
Morgen steht unser Kunstprojekt auf dem Programm. Wir fahren in eine riesengroße Gemäldesammlung, die Alte Pinakothek, wo wir etwas malen sollen.
„Und haben sie sich verliebt angeguckt?“, will Jette wissen. „Oder sogar angefasst?“
Christi rupft das Zopfgummi aus ihren Haaren. „Meint ihr wirklich, da läuft was?“
„Zumindest hängen die beiden ständig zusammen und gucken sich verknallt an“, werfe ich ein.
Jette grinst breiter. „Wetten, die fassen sich jetzt in dieser Sekunde an? Wahrscheinlich spitzt Frau Hübsch gerade ihre hübschen Lippen, um Herrn Meyer …“
„Halt die Klappe!“, tönt es nicht besonders damenhaft aus Leonies Bett.
Ups.
Jette, die sonst keine Gelegenheit auslässt, Leonie mit ihren Liebeswahngeschichten zu quälen, verstummt zum Glück.

„Also, mir kamen die beiden eben ziemlich normal vor“, meint Christi. „Gar nicht liebestoll oder so. Frau Hübsch war nur etwas blass.“
Alina schreckt aus ihrem Bett hoch. „Richtig schlimm blass? Mehlwurmblass?“
„Weiß nicht. Ich hab sie ja nicht stundenlang angestarrt.“
„Vielleicht ist Frau Hübsch krank?“, überlegt Alina. „Und vorhin war sie beim Arzt.“
Christi und Jette legen sich hin, Alina plumpst ins Bett zurück und ich mache für einen Moment die Augen zu. Irgendwie bin ich ganz schön müde. Der Tag war lang, aufregend und megaanstrengend.
„Sollen wir, sollen wir, sollen wir?“, tönt es plötzlich von oben. Wenn ich nicht wüsste, dass Jette über mir liegt, würde ich denken, ein Bärchennachthemdgeist spricht mit mir.
„Was sollen wir, Jette?“
„Einen Beschattungsplan aufstellen?“
Alina, Leonie, Jette und ich sind schon geübt darin, Leuten hinterherzuspionieren, aber Christi fragt verdattert: „Wie, was denn für ein Beschattungsplan?“
„Wir belauern Frau Hübsch und versuchen, ihrem Geheimnis auf die Spur zu kommen“, erklärt Jette.
„Falls Frau Hübsch überhaupt ein Geheimnis hat“, wirft Alina gähnend ein.

„Wenn nicht, ist es doch umso besser“, meldet sich Leonie zu Wort.
Alina raschelt mit ihrer Überdecke. „Und was ist mit Herrn Meyer? Den müssten wir doch eigentlich auch bespitzeln.“
„Klar, aber Hübsch ist eindeutig verdächtiger“, meint Jette. „Schließlich hat *sie* sich heute verdünnisiert und nicht Herr Meyer.“
Ich schiele zu Christi rüber, die wie ein gestrandeter Fisch im Bärchennachthemd daliegt. „Christi, willst du vielleicht auch mitmachen?“
Ich hoffe, die anderen sind einverstanden. Ich fände es irgendwie blöd, Christi einfach auszuschließen.
Ein paar Sekunden lang bleibt alles ruhig, dann sagt Christi: „Okay, ich bin dabei. Aber was machen wir, falls Frau Hübsch einfach wieder abhaut? Wir dürfen uns doch nicht von der Gruppe entfernen.“
Wieder flutet die blonde Haargardine über die Bettkante und Jettes Gesicht taucht verkehrt herum in meinem Blickfeld auf.
„Klar dürfen wir.“ Sie grinst breit. „Muss ja keiner mitkriegen.“
Ich gähne herzhaft. Ich bin inzwischen richtig mega-giga-irre müde und schlage vor, dass wir alles Weitere morgen beim Frühstück besprechen.
„Aber da ist Frau Hübsch doch …“

Leonie verstummt, weil gerade die Tür aufgegangen ist und unsere Lehrerin ihren Kopf ins Zimmer steckt.
„Was ist mit mir?“, will sie lächelnd wissen.
„Äh, Sie sind so … hübsch“, stammelt Leonie und läuft puterrot an.
„Danke, Leonie.“ Sie lächelt immer noch wie erleuchtet. „Aber ihr macht jetzt bitte das Licht aus. Morgen haben wir wieder einen anstrengenden Tag vor uns. Gute Nacht, Mädchen. Schlaft gut.“
„Gute Nacht, Frau Hübsch!“
„Gute Nacht, Frau Hübsch!“
„Gute Nacht, Frau Hübsch!“
„Gute Nacht, Frau Hübsch!“
„Gute Nacht, Frau Hübsch!“
Und dann lösche ich das Licht.

Viele fette Babys und ein Mörder

Es regnet. Es regnet richtig wie Hölle.
Bloß ein kurzer Spurt über den Parkplatz vom Hostel zum Bus und wir sind pitschpatschnass.
Wie gut, dass wir heute, wenn wir in der Gemäldegalerie herumlaufen, zumindest kein sonniges Englischer-Garten-Wetter verpassen.
Beim Frühstück (zwei riesige Brezen, dick mit Butter bestrichen, sind auf geheimnisvolle Weise in meinem Magen verschwunden) haben Jette, Alina, Leonie, Christi und ich klammheimlich einen Beschattungsplan aufgestellt. Heute sind Jette und ich dran, morgen teilen sich Leonie, Alina und Christi die Schicht.
„Mir ist kalt!“, jammert Jette und schleudert mir ihre pitschnassen Haare ins Gesicht. „Und jetzt noch langweilige Ölschinken angucken!“
„Stell dich bloß nicht so an.“ Christi, die mit Leonie vor uns sitzt, dreht sich nach uns um. „Ölschinken sind doch toll.“

„Das sagst du nur, damit du bei Herrn Meyer eine gute Note kriegst."
„Gar nicht wahr." Christis Kopf verschwindet wieder.
Ich boxe Jette auf den Arm. Ich finde es ziemlich gemein von ihr, dass sie das gesagt hat. Christi war eben noch nicht so oft wie sie in Museen. Und sie kennt vielleicht gar keine langweiligen Ölschinken.
Der Bus hält am Rande eines großen Platzes. Immer noch regnet es Bindfäden und Menschen halten ihre Regenschirme gegen den Wind.
Bevor wir aussteigen, schwingt sich Herr Meyer sportlich in den Mittelgang. „Das hier ist der Odeonsplatz", verkündet er. „Wer mag, kann sich mir anschließen und die Feldherrnhalle und die barocke Theatinerkirche besichtigen. Die anderen bleiben so lange bei Frau Hübsch im Bus."
„Wir müssen jetzt nicht raus und uns das angucken?", fragt Meike verdattert.
„Ich möchte niemanden zwingen, sich eine der großartigsten Kirchen in ganz München anzusehen. Aber damit wir uns richtig verstehen: Die Pinakothek ist Pflicht."
Auch wenn ich eigentlich Frau-Hübsch-Beschattungsdienst habe, quetsche ich mich an Jette vorbei und folge Christi, die schon nach vorne zu Herrn Meyer eilt. Ansonsten rührt sich niemand.

Ich fasse es nicht! Sind Streber-Christi und ich wirklich die Einzigen, die Lust auf die Besichtigung haben? Oder liegt es an dem fiesen Pladderregen?
Während ich noch darüber nachdenke, ob man mich demnächst Streber-Mia nennen wird, steigt Herr Meyer aus und sagt: „Dann mal los. Ihr werdet es nicht bereuen."
Und er soll Recht behalten. Die leuchtend gelbe Theatinerkirche ist so wunderschön, dass ich fast zu jodeln anfange. Auch Christi steht staunend unter der weißen Kuppel und lauscht Herrn Meyers Vortrag über den italienischen Spätbarock. Ich strenge mich total an zuzuhören und kriege trotzdem nicht besonders viel mit. Dafür ist es viel zu mega-giga-irre hier!
Beim Rausgehen hat Herr Meyer plötzlich sein Handy am Ohr und spricht leise hinein. Ich gebe Christi ein Zeichen, dann wanze ich mich so dicht wie möglich an ihn heran.
„Klar doch! Ich liebe sie!", ruft er plötzlich mit seiner Schauspielerstimme aus. Megalaut. So dass halb München (oder zumindest Christi und ich) es hören kann.
Okay, er liebt sie. Aber wen genau? Und mit wem spricht er? Doch schon legt er auf und läuft durch den Regen zur Feldherrnhalle mit den zwei riesigen bronzenen Löwen. Wir ihm nach, pitsch, patsch durch die Pfützen.
„Na, sind die toll?" Er strahlt uns an.

„Ja, äh … toll“, stottere ich. Alles hier ist toll, aber noch toller wäre es gewesen, wenn ich ein bisschen mehr hätte erlauschen können.
Kurz darauf im Bus will Jette wissen, wie sich der erste Streberanfall meines Lebens angefühlt hat.
„Du hast echt was verpasst“, entgegne ich kühl. „Die Kirche ist die schönste, die ich je gesehen habe. Und ich weiß jetzt, dass Herr Meyer SIE liebt. Er hat nämlich telefoniert.“
„Und wer soll diese Sie sein?“, will Jette wissen.
„Das stand leider nicht als Leuchtschrift auf seiner Stirn.“
Ende der Durchsage. Soll sie ihn doch selbst ausspionieren. Ich habe mein Bestes gegeben.

„So viele Bilder!“, stöhnt Amy und fummelt an ihrem Audioguide. Mit dem kleinen Gerät kann man sich, wenn man will, die Gemälde erklären lassen. „Da sind wir ja morgen früh noch nicht fertig.“
„Quatsch“, halte ich dagegen. „Wir müssen uns doch nicht jedes Bild ganz genau angucken.“
Seit einer Viertelstunde laufen wir in Kleingruppen durch die Säle der Pinakothek und versuchen uns einen Überblick über die 700 alten Schinken zu verschaffen.

In meiner Gruppe sind Irina, Mr Rülps, Christi, Amy, Jens und ich. Die Aufgabe besteht darin, sich a) ein Lieblingsbild auszusuchen, b) eine Skizze anzufertigen, um dann später im Hostel c) ein Bild zu malen. Dabei darf man die Vorlage mit der eigenen Fantasie mixen.
Dumm ist nur, dass Herr Meyer Jette und mich getrennt hat. Sie ist mit Leonie, Lars, Meike und Inga in einer Gruppe. So können wir Frau Hübsch gar nicht mehr beschatten.
Mr Rülps findet als Erster sein Lieblingsgemälde. Der Maler heißt Hieronymus Bosch und auf dem Bild ist eine mega-giga-irre Ansammlung von Horrorgestalten zu sehen. Ein echter Gruselschocker! Da steigen Verstorbene aus den Gräbern, Vogelköpfe laufen auf Menschenbeinen herum und Reptilienschwänze mit Insektenflügeln schlängeln sich durch das Bild. Während ich mir über den Audioguide die Beschreibung anhöre (die Menschen hatten damals Angst vor der Macht des Bösen und haben auf Erlösung gehofft), legt Mr Rülps schon mit der Skizze los. Seine Zungenspitze lugt dabei hervor und er sieht megaangestrengt aus. Blöderweise skizziert er aber nicht mal ein bisschen zackig, sondern malt schneckenlangsam. Fünf Minuten vergehen, zehn, zwölf, dann ist eine Viertelstunde um und er hat gerade mal ein kleines Dreieck zu Papier gebracht. Die Spitze des Reptilienschwanzes?

„Kaspar, so geht das nicht!“, motze ich so freundlich, wie man nur motzen kann. „Wenn jeder so langsam malt, werden wir nie fertig. Herr Meyer hat gesagt, jeder darf nur fünf Minuten an seiner Skizze arbeiten.“
„Hm, grrr, bröh“, macht Mr Rülps und seine Zungenspitze schnellt wieder vor.
„Hm, brrr, bröh?“, frage ich nach.
Stumm fischt er sein Handy aus seiner Hosentasche, stellt es an und knipst das Bild.
„Das ist aber geschummelt“, meint Christi.
Kaspar tut, als habe er einen Hörschaden, und trottet los.
Mir ist es ziemlich egal, ob er schummelt oder nicht, Hauptsache, wir können endlich weiter.
Es folgt ein Raum mit langweiligen Heiligen- und Altarbildern (selbst Christi findet die Gemälde öde), als Nächstes kommen wir in einen Saal, in dem die Jungs prustend loslachen. Das liegt an den vielen fetten Babys, die sich auf den Gemälden tummeln.
„Boah nee, wie gruselig ist das denn!“, kreischt Kaspar.
Irina schaut auf ihren Plan. „Das sind italienische Werke der Renaissance“, erklärt sie, als habe sie sich bei Christi angesteckt.
„Deswegen sind sie aber nicht weniger gruselig“, tönt Jens megaschlau.

Irina scannt die Bilder und steuert schnurstracks auf eins zu. „Ich weiß gar nicht, was ihr habt. Das hier ist doch voll süß. Mia, wie findest du das?“
Ich trete neben sie. Auf dem Bild ist eine Madonna zu sehen, die ein dickes Baby im Arm hält. Ich denke, es soll das Jesuskind sein.
„Ja, ganz hübsch“, sage ich, ohne eine wirkliche Meinung dazu zu haben. Das Horrorbild, das Kaspar sich ausgesucht hat, finde ich auf jeden Fall lustiger.
Aber Irina ist Feuer und Flamme und macht sich schon an die Arbeit. Zum Glück ist sie nicht so trödelig wie Kaspar. Schon ein paar Minuten später hat sie etwas Brauchbares zu Papier gebracht und wir ziehen weiter.
Jens entscheidet sich für ein italienisches Bild, auf dem eine Schlacht zu sehen ist (für die Skizze braucht er gerade mal 62 Sekunden). Im nächsten Raum beginnt Mr Rülps nach Luft zu schnappen und rettet sich japsend auf eine Bank.
Was ist denn jetzt wieder los?
Ich gucke mich um und entdecke ein Bild mit einer dicken nackten Frau, die zwei richtig dicke nackte Babys stillt. Alles klar. Von diesem Maler – ich glaube, er heißt Rubens – habe ich schon in der Hamburger Kunsthalle Bilder gesehen und finde sie auch nicht megaprickelnd. Aber wieso kann Mr Rülps nicht einfach

an dem dicken Busen vorbeigehen und so tun, als habe er ihn nicht gesehen? Total kindisch!

Während auch Jens albern losgackert, winkt Christi mich zu sich.

Andächtig steht sie vor einem riesengroßen Gemälde, das sich „Löwenjagd“ nennt. Die Szene darauf, ein Kampf zwischen Reitern mit Speeren und Löwen, ist ziemlich brutal. Aber Christi sagt lächelnd: „Ist das nicht wunderwunderwunderschön? Ich glaube, das nehm ich.“

Wunderwunderwunderschön ist Christi. Sie lächelt so glücklich wie sonst nur, wenn sie eine Eins geschrieben hat oder mein Bruder in der Nähe ist.

„Wie willst du das denn malen?“, frage ich. „Das ist doch bestimmt total schwer.“

Christi legt den Kopf schief, dann tritt sie so dicht an das Bild heran, dass sich der Aufseher schon den Hals verrenkt und komisch guckt. „Weiß noch nicht“, sagt sie. „Vielleicht male ich einfach einen Löwen. Oder eine dramatische Szene aus der heutigen Zeit.“

Christi kritzelt etwas auf ihren Block, und nachdem sich auch die Jungs wieder eingekriegt haben, laufen wir weiter.

Im übernächsten Saal entscheidet sich Amy für ein Venedig-Bild. Ehrlich, langsam werde ich nervös. Ich finde alle Gemälde irgendwie schön, doch keins reißt mich so sehr vom Hocker, dass ich es unbedingt nachmalen möchte. Was, wenn ich mich überhaupt nicht entscheiden kann?

Während Amy noch an ihrer Skizze werkelt, kommt Frau Hübsch zu uns rüber. (Hoffentlich hat Jette in der Zwischenzeit etwas ausspionieren können!)

„Alles klar?“, fragt sie.

Mr Rülps nickt. „Außer Mia haben wir alle unsere Skizze.“

Frau Hübsch sieht mich mitleidig an. „Du hast noch kein Bild gefunden, das dir gefällt?“

„Doch … schon … aber …“, stottere ich ziemlich blöde. „Irgendwie nicht.“

„Komm mal mit, Mia. Da vorne gibt es noch einen ganz berühmten El Greco. Die Entkleidung Christi.“

Die Entkleidung Christi. Irgendwie klingt das Bild nicht so, als würde ich es in mein Zimmer hängen wollen.

Als Frau Hübsch und ich kurz darauf davorstehen und meine Lehrerin wegen der tollen Farbgebung Juchzer der Begeisterung ausstößt, lächele ich bloß höflich. Wie soll ich das denn bitte schön malen? Jesus im roten Mantel kurz vor der Kreuzigung – das ist einfach nur brutal, schrecklich und grausam.

„Ich merke schon, es sagt dir nicht so zu“, meint Frau Hübsch. Sie sieht ein bisschen enttäuscht aus.

„Doch … schon … aber …“, druckse ich genauso blöd wie eben.
„Du musst das Bild nicht nehmen. War bloß ein Vorschlag. Sieh dich einfach noch ein bisschen um und entscheide dich dann in aller Ruhe.“
Dankbar lächele ich Frau Hübsch an. Sie ist immer so verständnisvoll und ich schäme mich richtig, dass ich sie beschatten muss.
Die Hauptsäle sind wir schon abgelaufen und im Seitentrakt der Pinakothek hängen nur noch kleinere Bilder, die kaum was hermachen.
„Wieso malst du nicht die fetten Babys?“, feixt Kaspar. „Das erinnert dich dann gleich an deine Babyschwester.“
„Josefine ist nicht fett. Du hast doch einen an der …“
Bevor ich das Wort *Waffel* aussprechen kann, kippe ich fast hintenüber. In direkter Luftlinie, etwa einen halben Meter von mir entfernt, hängt ein Bild, auf dem Früchte, Blumen und Zweige, Muscheln, eine Fliege, Krabbelkäfer und – ich fasse es nicht! – zwei wunderhübsche Schmetterlinge zu sehen sind! Wenn das kein Zeichen ist!
„Yippie!“, rufe ich aus und mache einen Luftsprung.
Endlich! Das ist mein Bild! Und es sieht auch noch so aus, als hätte der Maler Balthasar van der Ast es extra für mich gemalt.

Los geht's mit der Skizze. Egal, dass Mr Rülps um mich herumspringt und Faxen macht. Egal, dass Jette auftaucht und mir „Typisch Miss Butterfly!“ ins Ohr trötet. Ich bin einfach nur komplett aus dem Häuschen und male wie im Rausch.

Kaum bin ich fertig, merke ich, dass ich dringend aufs Klo muss. Es ist wirklich mega-giga-irre dringend!

„Jette, lass mich durch, ich muss mal.“

„Aber es gibt jetzt nicht gleich einen Pipiunfall, oder?“, kreischt sie in einer Lautstärke, dass ich noch im Davondüsen rote Ohren kriege.

„Warte, ich komm mit!“

Wir pesen den Gang entlang, folgen den kleinen Ausgang-Schildern über den Türen. Mist. Wieso bin ich nicht einfach mal zwischendurch aufs Klo gegangen?

Geschafft. Wir sind in der Eingangshalle. Wo ist jetzt die Toilette?

„Hier lang, Mia!“

Jette steuert auf eine Tür zu, doch genau in der Sekunde, als ich die Tür aufreißen will, geht sie wie von selbst auf und ich pralle mit Christi zusammen. Die torkelt zur Seite, strauchelt in Zeitlupe und fällt ein paar Sekunden später in einen Ständer mit Infomaterial.

„Tut mir leid, Christi“, rufe ich noch und flitze in die Kabine.

Hose runter. Ahhhhhhhhhhhh…!
Als ich kurz darauf wieder rauskomme, hat sich ein Grüppchen um Christi versammelt und alles kringelt sich vor Lachen.
„Lasst mich mal durch." Weil Amy gar nicht daran denkt, mal Platz zu machen, schiebe ich sie mit sanftem Druck beiseite.
Und dann gluckse ich auch los. Zwar nur ein bisschen, aber ich GLUCKSE. Was mir echt total leidtut. Nur leider kann ich nicht anders.
Christis Rock ist hinten aufgerissen und ihre Unterhose guckt raus. Zum Glück sind keine Bärchen drauf, sie ist ganz normal weiß. Doch auch das sieht zum Brüllen komisch aus.
Bevor Christi noch einen Heulanfall kriegt – ihr Kinn bebt schon verdächtig –, ziehe ich meine Jacke aus und knote sie um ihre Hüften. Christi lächelt mich dankbar an.
„So, und ihr könnt jetzt aufhören, euch schlapp zu lachen", erkläre ich.
Jette kneift mich und kichert nur noch hinter vorgehaltener Hand. Das wirkt so ansteckend, dass ich auch schon wieder kurz davor bin loszugackern. Aber ich reiße mich zusammen. Arme Christi. Außerdem bin ich an dem Schlamassel ja nicht ganz unschuldig.
„Ich fass es nicht, ich fass es nicht, ich fass es nicht",

japst Jette in mein Ohr. „Und ich dachte schon, dass diesmal ausnahmsweise nichts schiefläuft.“

Das habe ich auch geglaubt. Doch seit wir unterwegs sind, scheint unsere Klasse kleine und mittelgroße Katastrophen wie magisch anzuziehen.

Herr Meyer und Frau Hübsch tauchen mit den restlichen Schülern und Schülerinnen auf.

„Was ist hier los?“, will Frau Hübsch wissen.

„Christi ist hingefallen und hat sich den Rock aufgerissen.“

Wieder geht das Gegacker los.

„Und ich hab nur den einen Rock dabei!“, krächzt Christi.

Frau Hübsch meint: „Vielleicht kann dir ja eins der Mädchen eine Hose leihen. Und den Rock versuchen wir zu reparieren.“

Christi nickt zwar, sieht aber immer noch aus, als hätte sie aus Versehen eine Kröte verschluckt. Ich würde ihr ja total gerne meine Jeans leihen, nur fürchte ich, dass wir nicht die gleiche Kleidergröße haben. Christi überragt mich um ein paar Zentimeter und sie hat auch nicht so spargeldünne Oberschenkel.

Frau Hübsch tuschelt mit Herrn Meyer (wobei ihre Köpfe verdächtig nah beieinander sind), dann sagt sie: „Ihr schaut euch jetzt noch die Sonderausstellung an. Wir sehen uns später im Hotel.“

„Wo wollen Sie denn hin?“, fragt Jette. Ihre blauen Augen flackern hinter ihren Brillengläsern.
Ja, das würde mich auch brennend interessieren. Mir ist neu, dass sich Lehrer auf Klassenfahrt ständig irgendwohin verpieseln können.
„Ich hab noch was zu erledigen.“ Frau Hübsch sagt das ganz lässig und wird nicht mal rot dabei. Dann steuert sie ebenso lässig die Garderobe an.
Mysteriös! Was bitte schön hat unsere Lehrerin ständig zu erledigen?
Jette wirft mir einen bedeutungsvollen Blick zu. Wir haben abgesprochen, dass sie im Falle eines Falles einen Allergieanfall vortäuscht und ganz dringend vor die Tür muss. Natürlich in meiner Begleitung. Prompt fängt sie an, zu röcheln und zu husten.
„Was ist denn los?“, will Herr Meyer wissen, woraufhin Jette nur noch schlimmer japst und den Kopf schüttelt. Klar, dass man bei einem ganz schlimmen Allergieanfall nicht sprechen kann.
„Sie ist allergisch. Gegen Museumsstaub“, presse ich hervor. Bitte nicht rot werden! Bitte, bitte nicht rot werden! Zu spät: Die Hitze schießt mir ins Gesicht.
„Museumsstaub?“ Herr Meyer runzelt die Stirn. „Du meinst, sie hat eine Stauballergie?“
„Ja! Stauballergie!“, röchelt Jette. „Krieg ich nur im Museum.“

„Soso“, meint Herr Meyer und grinst spöttisch.
Shit! Kauft er uns das etwa nicht ab?
„Also gut, dann geht schon mal raus. Alle anderen, die nicht gegen Sonderausstellungen allergisch sind, folgen mir bitte.“
Ein paar Leutchen murren, aber Herr Meyer lässt sich nicht erweichen. „Mia und Jette: Wir treffen uns in 20 Minuten hier im Eingangsbereich.“
„Okay.“ Blitzschnell ziehe ich die japsende Jette Richtung Ausgang.
Sie hat ihre Jacke nicht an der Garderobe abgegeben und ich bin seit dem Christi-Vorfall sowieso Jacken-los. So können wir jetzt ganz schnell abhauen. Aber dummerweise nieselt es draußen immer noch und besonders warm ist es auch nicht.
Ich blicke mich um. Hoffentlich ist Frau Hübsch nicht längst über alle Berge. Da! In weiter Ferne erkenne ich einen schwarzen Fleck (Frau Hübschs hübscher Trachtenblazer) und einen kleineren gelben Fleck (Frau Hübschs hübsche blonde Haare). Zielstrebig läuft sie über das Rasenstück zwischen Alter und Neuer Pinakothek und steuert die Straßenbahn-Haltestelle an.
„Los, komm!“, ruft Jette. Sie sprintet los, als wären wir bei einem Leichtathletikwettkampf. Ich ihr nach. Meine Überlebenstasche klatscht rhythmisch gegen meinen Bauch.

Wir sind bestimmt noch 50 Meter von der Haltestelle entfernt, als eine Straßenbahn heranfährt. Im Sportunterricht laufe ich 50 Meter in 11,2 Sekunden. Rechne ich wegen der Überlebenstasche noch zwei Sekunden dazu, müsste ich in etwa dreizehn Sekunden die Tram erreichen.
„Los! Gib Gummi!“
Jette legt einen olympiareifen Endspurt hin. Ein paar Leute steigen schon aus, ein paar steigen ein (unter anderem Frau Hübsch) und auf den allerletzten Drücker – die Signalhupe ertönt schon – hechten wir in den hinteren Waggon. Hechelnd retten wir uns auf eine freie Bank und ducken uns. Damit Frau Hübsch, falls sie sich zufälligerweise umdreht, uns nicht entdeckt.
„Hast du deinen Fahrausweis dabei?“, frage ich Jette, die schon dabei ist, ihre Blondpracht zu ordnen. Nur ihre Brille hängt noch etwas auf halb acht.
Sie nickt.
Herr Meyer hat gleich am ersten Tag ein Dreitagesticket verteilt, das in der Bahn und im Museum gültig ist.
Die Straßenbahn hält einmal, zweimal, dreimal, ab zu und zu lugen wir über den Sitz, ansonsten passiert nichts weiter. Außer dass ein Terrier mit seinem Herrchen zusteigt und uns so mördermäßig ankläfft, dass ich Angst habe, Frau Hübsch könne sich gleich nach uns umdrehen.

„Vielleicht hat er gerochen, dass wir was Verbotenes tun“, flüstere ich.
„Quatsch“, meint Jette. „Wir tun doch gar nichts Verbotenes. Wir fahren bloß ein bisschen mit der Straßenbahn durch die Gegend.“
Da hat sie nur halb Recht. Eigentlich müssten wir längst am Eingang der Pinakothek auf Herrn Meyer und die Leutchen aus unserer Klasse warten.
Während ich noch darüber nachgrübele, wie blöd Herr Meyer gleich aus der Wäsche gucken wird, passieren zwei Sachen gleichzeitig. Frau Hübsch steht auf und mein Handy schrillt los. Ojemine! Hoffentlich sind es nicht Alina oder Leonie, die von einem wütenden Herrn Meyer beauftragt worden sind, mich anzurufen.
„Menno! Miss Butterfly!“, faucht Jette.
Ich schaffe es gerade noch, das Handy leise zu stellen, da hält die Straßenbahn. Die Türen gehen auf und Frau Hübsch steigt vorne aus. Jette und ich flutschen hinten raus. Ein Glück, dass sich vor uns ein großer Mann mit Gamsbarthut aus dem Waggon wuchtet und uns Sichtschutz gibt.
„Schnell!“, treibt Jette mich wieder an.
Frau Hübsch ist nämlich nicht nur ausnehmend hübsch, sondern auch blitzschnell. Sie düst in einem Affenzahn die Straße entlang. Wir kommen kaum hinterher.

„Merkst du dir den Weg, Mia?“ Jette ist manchmal etwas wuschig und ihr Orientierungssinn ist gleich null. Ich nicke zwar, bin mir aber nicht sicher, ob mein Hirn besser funktioniert.
Im Sauseschritt geht es weiter. Frau Hübsch biegt links in eine Straße mit ein paar Geschäften ein, an einem Copyshop gleich noch mal links, dann bleibt sie mit einem Mal vor einem Schaufenster stehen.
Schock!
Wir huschen hinter ein Auto und rühren uns nicht vom Fleck.
„Was macht Frau Hübsch da bloß?“, will Jette wissen.
„Kann ich vielleicht durch Autos gucken?“
Vorsichtig lugt Jette um den Wagen herum und schnellt gleich wieder zurück. „Ich fass es nicht, ich fass es nicht, ich fass es nicht!“, ächzt sie.
„Was fasst du nicht?“, frage ich genervt. Manchmal nervt es einfach nur, wenn Jette alles dreimal wiederholt.
„Frau Hübsch macht sich … halt dich fest, Mia! Sie macht sich HÜBSCH! Sie malt sich die Lippen mit Lippenstift an.“
„Nee, oder?“
„Doch.“
Das ist wirklich ein Ding. Ich habe Frau Hübsch noch

nie mit Lippenstift gesehen, und dass sie sich mitten auf der Straße schminkt, ist merkwürdig. Eigentlich kann das nur eins bedeuten: Sie macht sich für irgendjemanden schön, der vermutlich weder ihr französischer Verlobter noch Herr Meyer ist.
„Denkst du das, was ich denke?“, fragt Jette aufgeregt.
„Keine Ahnung, was du denkst. Aber wahrscheinlich hat Frau Hübsch noch einen dritten Liebhaber.“
Sie nickt. „Für ihre Cousine fünften Grades wird sie sich jedenfalls nicht so aufrüschen.“ Ihre Nase schiebt sich in Zeitlupe an der Karosserie entlang. „Jetzt geht sie auch noch in den Blumenladen rein! Ich glaub’s nicht! Wenn sie gleich mit Rosen rauskommt, wächst mir aber ein Vollbart!“
Tatsächlich! Es dauert keine fünf Minuten und Frau Hübsch tritt mit einem üppigen Strauß Rosen auf die Straße. Feuerwehrrote Rosen! Von Omi Olga weiß ich, dass das ein Zeichen der Liebe ist. Ihr Freund Diego schenkt ihr manchmal welche. Die Rosen, die sie von ihren Kicherfreundinnen bekommt, sind gelb, rosa oder cremeweiß.
„Was denn?“, will Jette ungeduldig wissen.
„Sie hat Rosen gekauft. Rote!“
Jette tastet fahrig an ihrem Kinn herum, aber dort ist zum Glück noch kein Bart gewachsen.
Ich komme nicht mehr dazu, ihr meine Farbtheorie

zu verklickern, denn Frau Hübsch zischt wieder los. Sie hat es wohl ziemlich eilig, ihre Rosen an Liebhaber Nummer drei zu bringen.

Ein paar Häuser weiter klingelt sie und wir verschwinden im Eingang des Nebenhauses. Mein Herz schlägt bis zum Hals. Eine Millisekunde lang hat sie sich umgedreht, aber ich bin mir nicht sicher, ob sie nicht einfach nur ins Leere geschaut hat.

Ein Lautsprecher knötert.

„Ja, Liebes, ich komm rauf!“, ruft sie.

Der Summer geht, Frau Hübsch verschwindet, die Tür schlägt zu. Jette und ich zählen bis drei, dann wagen wir uns aus unserem Versteck.

„LIE-BES!“ Jette reißt die Augen auf. Nicht, dass ihre Brillengläser gleich noch beschlagen. „Das sagt ja wohl alles. Da in der Wohnung ist auf jeden Fall ein … äh … Liebesobjekt von ihr.“

„Liebessubjekt“, verbessere ich sie. Omi Olga spricht manchmal von *Subjekten,* wenn sie ganz normale Menschen meint.

Jette nimmt ihre Brille ab und haucht sie an. „*Liebes* könnte man aber auch zu einem Kind sagen, oder?“

„Du meinst, sie hat hier in München einen Sohn oder eine Tochter, dem oder der sie rote Rosen schenkt? Also nee … Mami hat mir noch nie rote Rosen geschenkt.“

„Vielleicht hat Frau Hübsch ja ihre Verlobung gelöst

und besucht ihren neuen Verlobten in München", überlegt sie.
„Oder ihr französischer Verlobter lebt hier. Was wir bloß nicht wissen."
„Oder sie hat einfach drei Typen. Ihren Franzosen, den Münchener Lover und jetzt noch Herrn Meyer."
„Oder, oder, oder", seufze ich ratlos.
Wir gucken uns an – eine Möglichkeit ist bescheuerter als die andere. Bevor wir noch festwachsen, ziehe ich Jette in den Hauseingang, in dem Frau Hübsch verschwunden ist. Wir scannen die Klingelschilder.
„Müller, Santos, Murderer, Beck", murmelt Jette, dann sieht sie mich mit schreckgeweiteten Augen an. „MURDERER?" Sie hat das Wort englisch ausgesprochen und krallt sich an meinem Arm fest. „Mia, Mia, Mia!", kreischt sie.
„Was, was, was?", kreische ich.
„Murderer ist englisch und heißt Mörder!"
„Ja, und? Es kann aber auch deutsch sein und einfach nur Mur-de-rer ausgesprochen werden." Ich schüttele Jettes Hand ab. „Außerdem wissen wir doch gar nicht, wo Frau Hübsch geklingelt hat."
Jette nimmt ihre Brille ab und haucht sie an. „Aber stell dir vor, sie ist bei dem Murderer. Und der ist tatsächlich ein Mörder, was Frau Hübsch aber nicht weiß, weil sie …"

„Weil sie nicht so toll wie du Klingelschilder interpretieren kann?“, ziehe ich sie auf.
„Ich meine das ernst.“
„Und ich meine, dass du totalen Quatsch redest.“
Mein Handy vibriert in meiner Überlebenstasche. Sei still, versuche ich es zu verhexen, doch es surrt munter weiter.
„Menno“, stöhne ich und nehme es raus.
„Alina?“, japse ich ins Telefon, da ist sie schon weg.
„Was will die denn?“, fragt Jette intelligenterweise.
„Brötchen bestellen?“
„Häh?“, macht Jette, nimmt ihr Glitzerhandy raus und fotografiert das Murderer-Klingelschild. Keine Ahnung, wozu das gut sein soll, aber Jette wird schon ihre Gründe haben.
Ich überlege noch, ob es klug ist, Alina zurückzurufen, als eine SMS von ihr eintrifft.

Herr Meyer tobt! Ihr sollt zum Museum kommen. Aber dalli! Er hat schon Schaum vorm Mund.

„Komm, Jette“, sage ich tonlos. „Herr Meyer hat Schaum vorm Mund.“
„Wieso? Hat er Tollwut?“
„Er ist megastinkig, weil wir abgehauen sind. Wir sollen sofort zur Pinakothek kommen.“

„Shit, Shit, Shit!“ Jette lässt ihren Blick an der Hauswand nach oben gleiten. „Stell dir vor, Frau Hübsch wird gerade …“ Jette verdreht die Augen auf so gruselige Weise, dass nur noch das Weiße zu sehen ist. „Abgemurkst! Zerstückelt!“
Bevor sie noch gruseligere Sachen sagen kann, hake ich sie unter. Auf geht's zur Straßenbahnstation. Ich höre jetzt einfach auf mein Gefühl. Und das sagt mir, dass Frau Hübsch schon nicht so doof sein wird, ihrem künftigen Mörder rote Rosen zu schenken. Und auch nicht innerhalb der nächsten fünf Minuten abgemurkst wird, bloß weil *Murderer* auf dem Klingelschild steht.
Vielmehr quält mich die Frage, was passieren wird, wenn wir gleich im Museum ankommen. Wird Herr Meyer vielleicht *uns* abmurksen und zerstückeln?
Einmal biegen wir in eine falsche Straße ein, dann stehen wir zum Glück vor der richtigen Station und nach 45 Sekunden Warten kommt auch schon eine Straßenbahn angefahren.
„Mist“, meint Jette, kaum dass wir sitzen. „Jetzt sind wir kein Stück schlauer. Eher im Gegenteil. Ich kapiere gar nichts mehr.“
Das stimmt. Um meine Gedanken zu sortieren, fische ich mein Tagebuch aus meiner Tasche und schreibe:

Überlegungen zu Frau Hübsch:

1. Sie turtelt mit Herrn Meyer.
2. Zweimal ist sie einfach abgehauen. (Darf sie das eigentlich?)
3. Sie bringt irgendeinem Subjekt oder Objekt rote Rosen mit.

Mögliche Schlussfolgerungen:

1. Sie liebt zwei Männer (ihren Verlobten und XY).
2. Sie liebt drei Männer (ihren Verlobten, XY und Herrn Meyer).
3. Ihr Verlobter und XY sind ein und dieselbe Person.
4. Sie hat ein künftiges Liebesnest (für sich und Herrn Meyer?) mit roten Rosen geschmückt.

„Kann ich mal lesen?“, bittet Jette.
Obwohl mein Tagebuch streng geheim ist, halte ich es ihr unter die Nase.
Jette liest konzentriert, dann kichert sie los. „Sie hat ein künftiges Liebesnest … Klammer auf … für sich und Herrn Meyer … Fragezeichen, Klammer zu … mit roten Rosen geschmückt! Das klingt ziemlich abgedreht.“
Ich verziehe mein Gesicht. Superlustig klingt das. Und wenn ich ehrlich bin, nicht besonders glaubwürdig.

„Was sagen wir denn nun, wo wir waren?“, frage ich die Vorderlehne.
Doch die antwortet leider nicht.
Jette schiebt ihre Brille auf die Nasenwurzel zurück, schnippt mit den Fingern und ruft: „In der Apotheke!“
„So lange?“
„Ja, ich musste das Allergiemittel sofort einnehmen und durfte nicht gleich aufstehen.“
„Hm“, mache ich zweifelnd.
„Das ist doch eine geniale Ausrede. Bei Mama und Papa in der Apotheke sitzen oft mal ältere Menschen auf einem Stuhl herum und warten, bis das Medikament wirkt.“
„Eben. Ältere Menschen. Wir sind aber keine älteren Menschen.“
„Hast du eine bessere Idee?
Da ich die leider nicht habe, gebe ich mich geschlagen und mit einem flauen Gefühl im Magen fahren wir unserem hoffentlich nicht allzu schrecklichen Schicksal entgegen.

Apoapothekeke

München weint.
Dicke Tropfen pladdern aus noch dickeren Wolken, als wir an der Haltestelle *Pinakotheken* aussteigen.
Mist, denke ich.
„Mist", sagt Jette.
„Mist, elendiger!", trötet eine alte Dame, die vor uns aussteigt.
Wir flitzen durch den Regen, rein ins Museum.
Ängstlich scanne ich die Halle. Herr Meyer ist ja eigentlich ein ganz Netter. Aber ich möchte ihn nicht erleben, wenn er Schaum vor dem Mund hat.
Niemand aus unserer Klasse ist zu sehen.
„Wo stecken die bloß alle?", frage ich.
„Im Bus", ertönt hinter uns eine Schauspielerstimme, die ganz nach Schaum vor dem Mund klingt.
Wir fahren herum.
Herr Meyer lächelt uns ziemlich nett an. „Da seid ihr ja endlich."

„Ja … äh … da sind wir endlich“, stottert Jette.
Pause, Pause, Pause.
„Die anderen sind wirklich schon alle im Bus?“, frage ich. Dummerweise klingt meine Stimme ziemlich dünn.
Herr Meyer nickt. Und lächelt immer weiter. Und sagt keinen Ton.
„Äh, wir waren noch in der Apo… Apotheke …ke.“
Ich glaube, ich bin inzwischen so signalrot wie Jettes Turnschuhe.
„Apoapothekeke, alles klar.“ Herrn Meyers Lächeln erlischt.
„Ja“, kiekst Jette. „Wegen meiner Allergie. Ich musste was einnehmen und dann eine Weile sitzen bleiben. Also, bis das Medikament gewirkt hat.“
Herr Meyer guckt uns regungslos an. Nicht mal seine Wimpern flattern.
„Damit ich … äh … nicht zusammenbreche“, ergänzt sie.
„Soso.“
„Ja, so war das.“
Jette starrt auf ihre Schuhe. Herr Meyer guckt ins Nirgendwo.
„Wieso werde ich das dumme Gefühl nicht los, dass ihr mir einen Bären aufbindet?“
Erwischt. Auch Jette wird jetzt ein bisschen rot. Zum Glück nicht ganz so signalrot wie ich.

„Also, wo wart ihr wirklich?“

„Wir … wir sind nur ein bisschen rumgelaufen. Weil … weil wir dringend frische Luft brauchten“, stammelt Jette. Das ist nicht mal richtig gelogen. Nach zwei Stunden im Museum droht ja jedem Normalsterblichen der Kollaps.

„Mia? Stimmt das?“

Ich nicke, weiß aber, dass Herr Meyer uns das nicht abkauft. Bloß eins können wir nicht tun: ihm die Wahrheit sagen. Liebhaber, Mörder, roten Rosen – da würde er uns für komplett durchgedreht halten.

„Nur damit ihr's wisst: Das hätte auch ins Auge gehen können. Schüler, die während der Klassenfahrt eigenmächtig unterwegs sind, sind nicht durch die Schüler-Unfallversicherung abgesichert.“

Nicht abgesichert. Schon klar. Ich versuche sogar ein Mini-Lächeln.

„Also gut. Belassen wir es dabei.“

Uff. Knapp am Donnerwetter vorbeigeschrammt.

„Heute Abend fahren wir übrigens zum Eisbach“, sagt er. „Zu den Surfern.“

„Yippie!“, jubelt Jette.

Ich jubele auch. Allerdings nur innerlich. Lena und Omi Olga haben mir von der Stromschnelle im Englischen Garten erzählt, die besonders fitte Wassersportler zum Surfen nutzen.

„Ihr werdet leider nicht dabei sein."
Jette will etwas sagen, aber Herr Meyer lässt sie gar nicht erst zu Wort kommen.
Und dann bricht doch noch das Riesendonnerwetter über uns herein. Ob uns eigentlich klar sei, dass hier nicht jeder, wie er lustig sei, in der Stadt herumlaufen könne. Und dass er solche Aktion am allerwenigsten von mir erwartet habe. Und dass er, falls er diese Klassenfahrt überlebe, sich noch mal gründlich überlegen würde, ob der Lehrerberuf das Richtige für ihn sei.
Jette und ich stehen regungslos da und werden von Sekunde zu Sekunde mäuschenkleiner. Zu dumm, dass wir nicht auch wie Mäuse im nächstbesten Erdloch verschwinden können.

Nach dem Mittagessen sitzen wir im Tagungsraum des Hostels und arbeiten an unseren Kunstprojekten. Ich habe mich total darauf gefreut, das Stillleben mit den Schmetterlingen zu malen (und vielleicht noch ein, zwei Schmetterlinge hinzuzuschummeln), aber jetzt rutscht meine Laune mehr und mehr in den Keller. Leuchten die Früchte, Blumen und Schmetterlinge auf dem Originalgemälde wunderschön, sieht mein Tuschbild aus, als hätte jemand die eklig braune Bratensoße drauf ausgekippt, die ich heute Mittag zu einem ekligen braunen Stück Fleisch gegessen habe.

In der Pause flitzen Alina, Jette, Leonie und ich zwecks Kriegsrat aufs Klo. Christi kommt drei Sekunden später hinterhergeflitzt; sie musste sich erst noch in eine Jeans von Irina zwängen.

„Vielleicht hat Frau Hübsch ja nur ganz normal eine Freundin besucht“, meint Leonie, nachdem Jette und ich von den Rosen und dem Mörder-Klingelschild berichtet haben.

„Aber die Rosen waren rot!“, ereifert sich Alina. „Das riecht nach einem ziemlichen Verliebtheitsanfall.“

„Was geht uns das überhaupt an?“ Aus Leonies Knutschlippen werden dünne Striche. „Wenn sie nicht gerade umgebracht worden ist, ist es doch total egal, wem sie Rosen …“

Die Tür öffnet sich und Frau Hübsch platzt herein. Sie sieht ziemlich quicklebendig aus.

„Na? Plaudert ihr ein bisschen?“ Sie strahlt. Ziemlich unwahrscheinlich, dass ihr heute Nachmittag ein Mörder an die Gurgel wollte.

„Ja … äh … wir plaudern ein bisschen“, stammelt Jette.

„Wie war’s denn noch in der Pinakothek?“

„Su… super.“

Frau Hübsch runzelt unmerklich die Stirn. „Jette und Mia. Kann ich euch gleich mal kurz sprechen?"

Mir rutscht fast das Herz in die Hose. Sie hat was gemerkt. Bestimmt hat sie was gemerkt! Jetzt sind wir dran.

„Wir warten draußen", krächze ich und torkele in die Eingangshalle. Jette torkelt hinter mir her.

Uns bleiben nur ein paar Atemzüge, um uns zu sammeln, da kommt Frau Hübsch aus dem Klo und steuert auf uns zu. Sie lächelt in etwa wie Herr Meyer, kurz bevor er sein Donnerwetter losgelassen hat.

„Es tut uns leid, Frau Hübsch." Ich hüstele in meine Hand. „Eigentlich wollten wir nur …"

„Herr Meyer hat's nicht so gemeint", fällt sie mir ins Wort. „Er ist gerne Lehrer. Und er will es auch bleiben. Er hat nur so einen Schrecken bekommen, als ihr plötzlich weg wart."

Bum-bum-bum, macht mein Herz. *Bum-bum-bum*. Irgendwie traue ich dem Frieden nicht so ganz.

Frau Hübsch fährt fort: „Herr Meyer und ich sind nun mal für euch verantwortlich. Nicht auszudenken, wenn euch etwas passiert wäre."

Was? Wie bitte?

Sie hat doch nichts gemerkt?

Hammer! Jette und ich werden garantiert als weltweit beste Spioninnen in die Geschichte eingehen.

„Wir machen das ganz bestimmt nicht wieder“, erkläre ich und kreuze vorsichtshalber die Finger hinter meinem Rücken.
„Weiß ich doch. Es gibt viel chaotischere Klassen als euch.“ Sie zwinkert mir zu. „Was glaubt ihr, was ich als Schülerin so alles angestellt habe …?“
„Was denn?“, will Jette neugierig wissen.
„Das werde ich euch ganz bestimmt nicht auf die Nase binden“, erklärt sie schmunzelnd.
Weg ist sie.
Jette und ich sehen uns an. Wir sind beide total geplättet.
„Was war das denn?“, frage ich.
„Ein Lehrerinnenwunder“, kichert Jette.
Sie ist so nett! Und so hübsch!
Und froh, dass wir noch mal mit dem Schrecken davongekommen sind, laufen wir zu anderen.

Salatschneckisch

Lehrerwunder dauern nie besonders lange an. In unserem Fall gerade mal fünf Minuten.
Kaum haben Jette und ich uns am Abendbrotbuffet bedient, kommt Herr Meyer im Laufschritt auf uns zu. Das kann nichts Gutes bedeuten.
„Jettemia."
„Also, ich heiße nur Jette", gickelt Jette.
Herr Meyer verzieht keine Miene. „Seid ihr mit eurem Bild fertig?"
Wir nicken.
„Gut. Nach dem Essen geht ihr bitte wieder in den Tagungsraum und schreibt einen Artikel über die Klassenfahrt."
„Wie jetzt?", ächzt Jette und sackt auf ihrem Stuhl zusammen.
„Ihr geht gleich wieder in den Tagungsraum und schreibt für die Schülerzeitung einen Artikel über die Klassenfahrt", wiederholt Herr Meyer mit eisiger

Miene. „Es sei denn, ihr wollt morgen auf den Ausflug nach Schloss Nymphenburg verzichten."
„Nein!", sagen Jette und ich wie aus einem Munde. Dann verzichten wir doch lieber auf die Surfer am Bach.
„Und falls ihr euch wieder davonstehlen wollt", fährt unser Lehrer fort. „Versucht es gar nicht erst. Frau Hübsch hat ein Auge auf euch."
Frau Hübsch! Wir gucken uns an und grinsen im Duett. Was für eine super Gelegenheit, um ihr hinterherzuspionieren! Ohne dass wir uns in Straßenbahnen quetschen und vor Klingelschildern herumlungern müssen. Nach dem Abendbrot – die anderen brechen gerade zu den Surfern auf – ziehen Jette und ich uns Nervennahrung aus dem Süßigkeitenautomaten im Eingangsbereich des Hostels (einen Schokoriegel und eine Tüte Gummibärchen). Dann stiefeln wir in den Tagungsraum. Jette fläzt sich quer über zwei Stühle, reißt die Gummibärchentüte auf und mampft drauflos.
„Fang doch schon mal an", meint sie. „Du bist doch die große Schreiberin."
Ich überlege gerade mal eine Millisekunde, dann schreibe ich die Überschrift.

Die mega-giga-irre Klassenfahrt
von Jette Joost und Mia Hansen

Jette beugt sich zu mir rüber.
„Mega-giga-irre? Das kannst du doch nicht schreiben.“
„Und wieso nicht?“
„Weil das nicht sachlich ist.“
„Aber peppig. Er soll doch schließlich in die Schülerzeitung.“
Da Jette noch am Kauen ist, lege ich schon mal los und notiere die Erlebnisse des ersten Tages. Schonungslos erzähle ich alles: wie auf der Fahrt hierher eine arme, wehrlose Spucktüte dran glauben musste. Wie Christi und Sofia verloren gegangen sind. Und wie wir am Ende todmüde im Hostel eingecheckt haben. Ich beschreibe die schönen Zimmer (den Autolärm erwähne ich nicht) und zähle auf, was es alles Leckeres zum Essen gegeben hat. Gerade als ich bei den prachtvollen Kirchen bin, die wir am ersten richtigen München-Tag gesehen haben, schneit Frau Hübsch herein.
„Wie läuft's bei euch?“
„Gut“, sage ich.
Frau Hübsch beugt sich über meinen Tisch und fängt an zu lesen.
Peinlich, peinlich. Ich bin längst nicht fertig. Und weiß auch nicht, ob es eine gute Idee war, so flapsig wie in meinem Tagebuch zu schreiben.
Frau Hübsch lacht auf. „Sehr lustig. Das gefällt mir, Mia.“

Uff. Ich freue mich riesig über das Lob.
„Tut mir übrigens leid, dass ihr die Surfer nicht zu Gesicht bekommt."
„Sie ja auch nicht", meint Jette und ihre Augenbrauen rutschen fragend hoch.
„Das macht gar nichts. Ich bin ja öfter in München. Und am Eisbach war ich sowieso schon mal."
Frag sie, wieso sie öfter in München ist, meldet sich eine Stimme in mir zu Wort, aber meine Lippen sind wie zugetackert. Auch Jette stiert bloß blöde vor sich hin. Gefühlte Minuten später klappt ihr Mund auf, doch bevor sie etwas sagen kann, tönt eine Melodie aus Frau Hübschs Hosentasche.
„Ups, entschuldigt mich bitte." Sie geht an ihr Handy. „Servus! Ja, wart mal kurz."
Sie läuft zur Tür. Peng – fliegt sie hinter ihr zu. Weg ist unser Beschattungsobjekt.
„Äh, und jetzt?", frage ich.
„Jetzt sollten wir ihr nachgehen und sie belauschen", meint Jette.
„Und wenn sie uns erwischt? Wir haben doch schon genug Stress an der Backe."
„Das wird sie nicht. Wir sind doch Beschattungsprofis!"
Niemand ist in der Eingangshalle, als wir die Tür öffnen und hinausspähen. Erst als ich meine Augen auf

megascharf stelle, entdecke ich Frau Hübschs blonden Haarschopf in der Sitzgruppe neben dem Empfang.
„Wir müssen dichter an sie ran“, raunt Jette mir zu.
„Aber nur eine von uns. Sonst ist das zu auffällig.“
„Okay, versteck du dich da.“ Jette deutet auf den Süßigkeitenautomaten. „Ich mach das schon.“
Froh, dass meine Freundin den schwierigen Teil der Spionage übernimmt, flutsche ich hinter den Automaten. Jette schlängelt sich an der Wand entlang. Was nicht gerade nach Beschattungsprofi aussieht. Ein Angestellter kommt in die Halle und Jette verschwindet hinter einem Zweisitzer. Kaum ist der Typ wieder weg, krabbelt sie auf Knien weiter. Neben Frau Hübschs Sessel steht eine Kübelpflanze, und wenn Jette nur ein bisschen auf Zack ist, geht sie jetzt besser mal in Deckung.
Los! Mach schon!, versuche ich sie in Gedanken zu verhexen, doch als wäre Jette nicht nur ein bisschen, sondern richtig schlimm plemplem, schießt sie ganz plötzlich in die Senkrechte. Sie hüpft auf einem Bein herum, verliert das Gleichgewicht und stürzt neben Frau Hübsch in den Blumenkübel.
Schreie gellen durch die Halle. Blätter regnen zu Boden. Frau Hübschs Handy kracht auf den Couchtisch.
Verflixt und zugenäht! Kann auf dieser verflixten Klassenfahrt vielleicht mal irgendwas ohne eine mittelschwere Katastrophe enden?

Frau Hübsch ist aufgesprungen und hilft Jette aus dem Kübel. „Hast du dir wehgetan?"
„Äh, nee, ja", wimmert Jette und reibt sich das Schienbein.
Ich tue so, als wäre ich von dem Krach angelockt worden, und sause herbei. Frau Hübsch befreit Jettes Haar gerade von lauter Grünzeug und Erde.
„Was machst du denn da? Ich dachte, ihr schreibt an eurem Text."
„Tun wir ja auch. Aber ich … äh …" Jette pustet sich ein paar Wollmäuse vom Ärmel. „Ich wollte die Sauberkeit im Hostel testen. Also … äh … für den Artikel. Und sauber ist es hier ja nicht gerade."
Frau Hübsch sammelt ihr Handy vom Boden auf. „Chouchou? Ich ruf dich gleich wieder an, okay?"
Sie steckt ihr Handy weg, dann tastet und drückt sie an Jette herum und will bestimmt zehnmal wissen, ob sie sich auch wirklich nichts getan hat.
„Nein. Alles okay."
„Wisst ihr was? Ihr macht jetzt mal Schluss für heute und könnt euch von mir aus im Fernsehzimmer ausruhen."
„Und der Artikel?", frage ich.
„Den könnt ihr morgen immer noch schreiben."
Das lassen wir uns nicht zweimal sagen. Ich hake Jette unter und ziehe sie zum Aufenthaltsraum. Zum Glück sind wir ganz allein.

„Kannst du mir bitte mal erklären, was das eben sollte?“ Ich will nicht vorwurfsvoll klingen, tue es aber wohl trotzdem.
„Eine Spinne. Das war los.“ Jette pflückt ein letztes Blatt aus ihrem Haar. „Sie war riesengroß und eklig und wollte mich angreifen und …“
„Auffressen, ich weiß. Menno, Jette!“
„Tut mir leid. Ich hab’s verbockt.“ Sie lässt sich aufs Sofa fallen und zappt sich durch die Kanäle. Ich setze mich neben sie.
„Hast du irgendwas belauschen können?“
„Nö. Ich bin ja gleich in den blöden Kübel gefallen. Was heißt denn noch mal Chouchou? Das hat Frau Hübsch uns doch erklärt.“
O ja, ich erinnere mich ziemlich genau. „‚Chou‘ heißt ‚Kohlkopf‘“, erkläre ich, „und ‚Chouchou‘ ‚Liebling‘ oder ‚Hasi‘ oder so.“ Ich fand das damals so niedlich, dass ich es mir gemerkt habe und jetzt meine Babyschwester manchmal ‚Chouchou‘ nenne.
„Mein süßer lieber Hasi-Kohlkopf!“, kreischt Jette.
„Frau Hübsch hat bestimmt nicht Hasi-Kohlkopf gesagt, sondern Hasi oder Schnucki.“
Jette sieht mich mit Megaschlau-Miene an. „Dann hat sie auf jeden Fall mit der Rosen-Person telefoniert. Und es ist klar, dass sie sie liebt.“
„Aber der Chouchou könnte ja auch ihr französischer

Verlobter sein“, überlege ich. „Schließlich ist das französisch.“
„Oder Herr Meyer.“
Wir seufzen im Duett. Im Grunde sind wir jetzt genauso schlau wie vorher.
Jette knufft mich. „Mia?“
„Mhm.“
„Komm bitte nie, NIE auf die Idee, mich ‚mein kleiner Kohlkopf‘ zu nennen, okay?“
„Nein, meine kleine Salatschnecke“, entgegne ich.
Dann finden wir einen Sender, auf dem ein lustiger Zeichentrickfilm läuft. Dabei kann man sich super von Freundinnen in Blumenkübeln, Kohlköpfen und schreienden Lehrerinnen erholen.
Doch daraus soll nichts werden. Ein paar Jungs platzen laut palavernd herein. Vielleicht reden sie schwedisch oder honoluluisch oder salatschneckisch, ich verstehe jedenfalls kein Wort.
Jette grinst. Und scannt die Jungs. Bevor sie noch einen von ihnen süß oder sogar mega-giga-irre süß finden kann und ein Liebeskuddelmuddel à la Jette seinen Lauf nimmt, ziehe ich sie lieber schnell aus dem Raum. Für heute reicht es mir wirklich.

Mitten in der Nacht wache ich auf. Mein Herz klopft laut und schnell und ich weiß nicht mal, warum. Weil es so stockfinster ist? Über mir atmet Jette, am Fenster pfeift es aus Christis Nase. Aus dem Alina-Leonie-Bett kommt nicht der leiseste Piep.
Umdrehen und weiterschlafen.
Gerade bin ich im Vorzimmer zur Traumwelt, als ein unheimliches Geräusch an mein Ohr dringt. Es klingt wie *urgs* oder *huhhah* und so gruselig, dass ich eine Gänsehaut bekomme. Ich schiele zu Alina rüber, doch die rührt sich nicht.
„He!“, flüstere ich in die Dunkelheit. Und noch mal: „He!“
„He, was?“, tönt es über mir.
„Da sind so komische Geräusche.“
„Wo denn? Ich hör nichts.“
Tatsächlich ist es wieder still. Totenstill.
„Schlaf jetzt, Miss Butterfly.“
„Nacht, Jette“, sage ich und drehe mich wieder zur Wand. Wahrscheinlich habe ich einfach nur schlecht geträumt. Jette ratzt gleich wieder ein, aber ich liege megawach da und grübele darüber nach, was Frau Hübsch wohl für ein Geheimnis haben mag. Leider hilft mir das auch nicht beim Einschlafen, also zähle ich Schmetterlinge.
Als ich bei 33 angekommen bin, ertönt abermals das

unheimliche *urgs* oder *huhhah* und ich fahre hoch. Nur einen Herzschlag später flackert bläuliches Licht durchs Zimmer und es rumst gewaltig.

Ich mache Licht.

Auweia!

Christi ist aus dem Bett gefallen und wimmert. Alina sitzt aufrecht im Bett und sieht mit der quer übers Gesicht hängenden Schlafmaske wie ein Zombie aus. Jette kommt in Windeseile die kleine Bettleiter runtergeklettert. Nur Leonie schläft tief und fest.

„Wassenlos?“, lallt Jette schlaftrunken.

Im selben Moment bemerke ich, dass unsere Tür einen Spalt offen steht, und ich springe aus dem Bett. Gerade hatte ich eine Erleuchtung.

„Wo willst du hin?“, will Alina wissen und nimmt ihre Schlafmaske ab.

„Zombies jagen!“

Ich reiße die Tür auf und sehe zwei weiße Gestalten am Ende des Ganges um die Ecke biegen. Ich ihnen nach.

„Henning, Kaspar!“, rufe ich auf gut Glück. „Ihr seid aufgeflogen!“

Tatsächlich verlangsamen die Geister ihren Schritt und jemand, der Mr Rülps total ähnlich sieht, wurschtelt sich aus einem weißen Laken. Mit seiner Taschenlampe malt er wilde Lichtmuster an die Wand.

„Häh? Woher weißt du denn, dass wir das waren?“

„Weil sonst keiner so babyhaft blöd ist“, sage ich, während nun auch Jette und Alina angedüst kommen.
Ich ärgere mich nur ein bisschen, dass mir nicht gleich ein Licht aufgegangen ist. Bestimmt hatten die Jungs niemals vor, die Lehrer zu verulken, sondern wollten uns einen Schrecken einjagen.
„Habt ihr nichts Besseres zu tun, als mitten in der Nacht Geist zu spielen?“, faucht Jette. „Christi ist vor Schreck aus dem Bett geplumpst.“
„Ihr versteht aber auch gar keinen Spaß“, brummt Henning, während Mr Rülps regungslos dasteht und Alina anguckt. Die guckt zwar zurück, aber es ist nicht gerade ein Liebesblick. Im nächsten Moment dreht sie sich um und trabt in unser Zimmer zurück.
„Was ist hier los?“ Frau Hübsch steht plötzlich mit unhübsch verwuschelten Haaren im Flur.
„Nichts“, erkläre ich. „Die Jungs wollten nur spielen. Komm, Jette.“
Ich hake meine Freundin unter und bekomme so nicht mehr mit, ob Frau Hübsch die beiden Kindsköpfe briefmarkenplatt macht.
Egal. Mir tut Alina leid, weil das Objekt ihrer Liebesanwandlungen so ein Megababy ist. Christi tut mir genauso leid. Ständig rumst sie irgendwo gegen oder fliegt hin und jetzt ist auch noch ihr Rock gerissen und sie muss in Irinas Jeans rumlaufen. Aber auch

mir selbst tue ich ein bisschen leid. Weil ich morgen bestimmt wahnsinnig müde bin, wenn wir zum Schloss Nymphenburg fahren. Und auf den Ausflug habe ich mich am allermeisten gefreut.

Die Galerie der Schönheiten

So spannend, wie die Nacht aufgehört hat, so unspannend fängt der nächste Morgen an. Bildbesprechung im Tagungsraum.

Ich fürchte mich ein bisschen, weil ich mein bratensoßenfarbenes Bild so trostlos finde, aber Herr Meyer gerät total ins Schwärmen. Er meint, mein Stillleben sei vom Aufbau und von der Farbgebung her sehr gelungen. Und schmunzelnd fragt er mich, ob ich um ein paar Ecken mit dem Maler Balthasar van der Ast verwandt sei.

Ich bin baff. Richtig megabaff. Und kann kaum noch zuhören, während auch die anderen ihre Beurteilungen erhalten. Christi wird wie immer gelobt, Jette, Alina und Leonie schneiden ebenfalls nicht schlecht ab. Erst als Mr Rülps an der Reihe ist, wandern Herrn Meyers Mundwinkel nach unten.

Ich schaue an die Wand, wo Kaspars Bild angepinnt ist. Statt der fantasievollen Horrorgestalten vom Origi-

nalgemälde sieht man schwarze Strichmännchen und Strichmonster. Ich glaube, so was habe ich im Kindergarten schon besser hinbekommen.
„Kaspar, ich weiß, das du mehr draufhast“, rügt ihn Herr Meyer. „Also gib dir beim nächsten Mal bitte ein bisschen mehr Mühe.“
Ende der Durchsage.
Kurz darauf in der U-Bahn – unser Busfahrer fährt heute eine andere Gruppe – flutscht Alina neben mich.
„Mia?“
„Ja, was?“
„Ich weiß nicht“, sagt sie und schaut auf ihre rosa lackierten Fingernägel.
„Was weißt du nicht?“
Jetzt starrt sie nur noch die blaugrauen Plastiksitze auf der anderen Seite des Ganges an, als könnten die ihr die passenden Sätze zuflüstern.
Ich hole tief Luft und sage: „Ja, ich finde Kaspar manchmal auch ziemlich kindisch.“
„Woher weißt du, dass ich dich das fragen wollte?“
Ich muss lachen. „Weil man dir das an der Nasenspitze ansieht.“
Alina lächelt beschämt. „Und findest du es schlimm, dass ich ihn doch irgendwie mag? Auch wenn er ein zurückgebliebener Blödmann ist?“
Ich schüttele den Kopf. „Ich fände es schlimm, wenn du

ihn nur nicht magst, weil du denkst, andere könnten ihn nicht mögen."

„Häh?", macht Alina, dann lacht sie aber und wechselt zu Leonie, die hinter uns sitzt, um den Beschattungsplan für Schloss Nymphenburg zu besprechen. Ich bin froh, dass Jette und ich heute bespitzelungsfrei haben. Bei uns geht ja doch bloß immer alles schief.

„Ist das nicht mega-giga-irre? Ist das nicht mega-giga-irre? Ist das nicht mega-giga-irre!" Jette kneift mich so fest in den Arm, dass ich an der Stelle bestimmt einen blauen Fleck bekomme.

„Ja, mega-giga-irre", sage ich, damit endlich Ruhe ist. Seit ein paar Minuten zuckeln wir eine romantische Allee an einem Kanal entlang und können das prächtige Schloss Nymphenburg bereits in der Ferne erspähen. Ein richtig echtes Schloss! In dem richtig echte Herrscher und Adelige ihre Sommermonate verbracht haben. Noch irrer wäre es zwar, wenn wir wie in früheren Zeiten mit einer Kutsche vorfahren würden, aber das haben unsere Lehrer leider nicht für uns organisiert. Stattdessen gehen die beiden Seite an Seite voraus. Das sieht aus, als habe sie jemand an den Ärmel ihrer Jacken zusammengenäht.

Alina und Leonie kommen tuschelnd angetrabt.
„Wie sieht jetzt eigentlich euer Plan aus?“, will Jette wissen.
„Leonie bleibt die ganze Zeit dicht bei Herrn Meyer und ich bei Frau Hübsch“, erklärt Alina.
„Natürlich superunauffällig“, ergänzt Leonie. „Und dann gucken wir einfach mal, was passiert.“
„Und wenn Frau Hübsch wieder abhaut?“
Leonie und Alina sehen sich an und zucken mit den Schultern.
„Dann lass sie doch abhauen“, sage ich. „Es reicht schon, dass Jette und ich uns Ärger eingehandelt haben.“
Immer weiter geht's die Allee entlang. Wir überqueren die Auffahrt zum Schloss, dann sind wir endlich am Ziel. Unter Einsatz unserer Ellenbogen (die Jungs drängeln mal wieder ganz schrecklich) schieben wir uns durch die Eingangstür. Im Foyer des Schlosses befindet sich der Museumsshop und durch die offen stehende Tür kann man schon den weitläufigen Park erspähen, der sich hinter dem Schloss erstreckt. Wow!
Henning entdeckt draußen einen Eisstand und zückt bereits sein Portemonnaie, aber Herr Meyer hält ihn zurück.
„Eis könnt ihr euch nach der Besichtigung holen. Muss noch mal jemand aufs Klo?“
Die Hälfte der Klasse rennt Richtung Toiletten. Da-

runter auch Alina und Leonie. Jette, Christi und ich vertreiben uns die Zeit im Museumsshop. Ich bin hin und weg von all dem Kitschkram. Es gibt König-Ludwig-Schokolade, Porzellan, Kutschen, Kronen, teure Schwäne und bestickte Kissen mit den tollsten Schlossmotiven. Mir fällt ein, dass Lena ja ein sühüßes Mitbringsel haben wollte. Eins von den kitschigen Kissen wäre supersüßfantastico, aber 49 Euro sind viel zu teuer. Stattdessen kaufe ich einen Kugelschreiber mit eingravierter Krone. Wer weiß, ob später noch Zeit bleibt, Souvenirs zu shoppen.

„So, auf geht's." Herr Meyer scheucht uns eine Treppe rauf und wir gelangen in den Festsaal. Er sieht irre schön aus mit dem riesigen Deckengemälde, auf dem die Jagdgöttin Diana abgebildet ist, mit den gewaltigen Kronleuchtern und dem ganzen Goldgeschnörkel an den Wänden. Ich kann mir total gut vorstellen, wie hier früher Feste gefeiert wurden und pompös gekleidete Damen über den blitzblanken Steinboden geschwebt sind. Ich war noch nie in einem echten Schloss und bin schlicht überwältigt. Auch Christi steht staunend da und vergisst vor lauter Seufzen, sich an Herrn Meyer anzudocken. Ersatzweise halte ich mich in seiner Nähe auf, aber ich kann nichts Besonderes feststellen. Wie üblich spuckt er Geschichtsfakten aus, während wir durch die wunderschönen Räume spazieren.

In einem Zimmer mit einem Bett erzählt er die lustige Anekdote, dass die Herrscher ihre Gäste damals liegend empfangen haben. Das fanden sie cool, weil es am französischen Hof Sitte war, und haben es gleich nachgemacht.

Als wir in den Südflügel rübergehen – Christi wanzt sich nun endlich an Herrn Meyer ran –, hakt sich Jette bei mir unter und zischelt mir zu: „Komisch. Irgendwie ist noch gar nichts passiert.“ Sie kichert leise. „Aber wart's ab. Gleich fliegt Christi wieder hin und reißt sich Irinas Hose auf. Oder die Jungs spielen mit Mr Rülps' Käseschuh Fußball.“

Auch wenn ich mir wirklich keine Katastrophe wünsche, muss ich lachen. Jette hat ja Recht. Bisher ist *immer* irgendwas passiert. Es wäre geradezu ein Wunder, wenn wir Schloss Nymphenburg unfallfrei überstehen!

Wir kommen in einen Raum mit lauter Gemälden von Frauen an den Wänden.

„Das hier ist die sogenannte Schönheitengalerie“, erklärt Herr Meyer. „Der Maler Joseph Karl Stieler hat im Auftrag von Ludwig I. 36 schöne Frauen aus allen Gesellschaftsschichten porträtiert.“

„Wieso, die sind doch gar nicht so schön“, protestiert Kaspar. „Die haben nicht mal richtig Wimpern.“

„Und keine ist blond“, tönt Jette, während sie ihre Blondpracht über die Schultern schleudert.

„Auch Schönheitsideale ändern sich im Laufe der Jahrzehnte“, erklärt Frau Hübsch. „Das habt ihr ja auch schon bei den Rubens-Bildern in der Pinakothek feststellen können. Damals galten ganz andere Körperformen als heute als schön.“
„Was bedeutet, dass Schönheit allein im Auge des Betrachters liegt.“ Herr Meyer zwinkert Frau Hübsch zu. Und die zwinkert zurück.
Christi rollt mit den Augen, als sie in meine Richtung guckt. Wahrscheinlich soll das so was heißen wie: *Ich bleib an der Sache dran.*
„Guck mal hier, Jette.“ Gerade habe ich eine aschblonde Gräfin entdeckt, die ein Geflecht von Zöpfen um den Kopf drapiert hat.
„Cool!“, ruft Jette aus und reckt sich neugierig auf die Zehenspitzen. „Kannst du mir auch solche Zöpfe machen, Miss Butterfly?“
„Denk schon.“ Jedenfalls habe ich meiner kleinen Schwester Lena schon öfter Zöpfe geflochten und die hat sich nie über das Ergebnis beschwert.
Während sich die anderen die wimpernlosen Schönheiten anschauen, zieht Jette mich in den Nebenraum und hält mir ihre Blondpracht hin.
„Doch nicht hier, Jette.“
„Wieso denn nicht? Och, bitte, Mia!“, bettelt sie.
„Wir haben nicht mal Gummibänder.“

„Du hast doch in deiner Überlebenstasche bestimmt irgendwas zum Zusammenbinden dabei."
„Hab ich nicht."
„Dann ist es auch keine echte Überlebenstasche. Gib her!"
„Ich denk ja gar nicht dran!"
Jette will nach meiner Tasche grabschen, doch blitzschnell fahre ich herum.
KLIRR! SCHEPPER!, macht es und ich vereise wie ein Fischstäbchen im Gefrierfach. Auf dem Boden verteilt liegen Scherben. Die Scherben einer Goldrandtasse mit dem Bild von König Ludwig! Das Ausstellungsstück muss auf dem antiken Tischchen hinter uns gestanden haben. Nur war das meiner Überlebenstasche, als ich mich eben umgedreht habe, total egal.
Auch Jette steht wie schockgefrostet da und glotzt die Scherben an.
Jetzt gibt es zwei Möglichkeiten:
1. Abhauen.
2. Warten, bis der Aufseher kommt und uns verhaftet.
Dann passiert Möglichkeit Nummer drei. Mir wird schwummerig und dann knipst irgendjemand im Weltall die Sonne aus.

„Mia, Mia, Mia!“, tönt eine Stimme von irgendwoher. Ja, ich bin Mia. Und die Stimme kann eigentlich nur zu Jette gehören, die wieder alles dreimal sagt.
Ich schlage die Augen auf und gucke in so viele Augenpaare, dass mir gleich wieder ein bisschen komisch wird.
Wo bin ich? Ach ja, im Schloss Nymphenburg. Und eben … Oh, Hilfe! Eben habe ich mit meiner Überlebenstasche die Tasse von König Ludwig vom Tisch gefegt und kaputt gemacht. Und weil die bestimmt Millionen Euro wert ist und Mami und Papi sie niemals werden ersetzen können, müssen wir unser ganzes Hab und Gut verkaufen (selbst meine schöne Schmetterlingssammlung) und landen auf der Straße …
„Mia?“, unterbricht Frau Hübsch meinen Gedankenfluss. Sie hockt sich neben mich und tätschelt meinen Arm. „Geht's wieder?“
Ich nicke und schaue nach links, wo eine Putzfrau mit Blümchenschürze und in Gesundheitsschuhen die Scherben zusammenfegt.
Frau Hübsch hilft mir hoch. „Wie ist das denn passiert?“, will sie wissen.
„Das war doch nur wegen der Zöpfe … also, wegen der blonden Gräfin … Jette wollte …“
Ich spüre, wie Jette mich anstößt, und gestehe: „Ich habe mich zu schnell umgedreht und dann hat meine

Tasche …“ Meine Stimme wird immer leiser. „Also, ich und meine Tasche, wir haben die kostbare Tasse runtergerissen.“

Stille. Keiner sagt einen Ton.

„Es tut mir so leid! Das war keine Absicht!“

Die Putzfrau ist mit dem Zusammenfegen fertig und kippt die Scherben in den Mülleimer ihres Putzwagens.

„Die schmeißen die Scherben einfach weg?“ Meine Stimme klingt schrill. „Die kann man doch bestimmt zum Restaurator bringen und der klebt sie wieder zusammen!“

Ich höre jemanden kichern. Ausgerechnet Christi. Wieso kichert Christi, wo ich gerade ein millionenschweres Ausstellungsstück kaputt gemacht habe? Auch ein paar andere fangen an zu gackern.

„Ihr hört jetzt bitte auf zu lachen. Für Mia ist das alles schlimm genug“, sagt Herr Meyer und nimmt mich ein paar Schritte beiseite. „Dachtest du, die Tasse ist ein Original von König Ludwig?“

Ich nicke. Und während Herr Meyer nun auch ein bisschen grinst, fällt bei mir ganz, gaaanz langsam der Groschen.

„Das … das war gar keine echte Museumstasse?“, stottere ich.

Herr Meyer schüttelt den Kopf. „Nein, Mia. Glück gehabt. Die Tasse ist aus dem Museumsshop und die

Putzfrau hat sie heute Morgen aus Versehen stehenlassen. Sie hat sich schon entschuldigt. Eigentlich darf sie ihre Privatgetränke nämlich gar nicht mit in die Säle nehmen. Und der Aufseher, der dich reingelassen hat, bekommt auch einen Rüffel. Er hätte dich nämlich darauf hinweisen müssen, dass du die Tasche am Eingang einschließt."
Ein Felsbrocken plumpst mir vom Herzen. Und gleich noch ein zweiter.
„Äh … und muss ich die Tasse jetzt ersetzen?"
Herr Meyer schüttelt den Kopf, woraufhin ein dritter Felsbrocken hinterhergepoltert kommt.
Einen Moment stehen wir einfach so da und atmen die Schlossluft, von der Jette hoffentlich keinen Allergieanfall kriegt. Ich frage mich, was Herrn Meyer wohl gerade durch den Kopf gehen mag.
„Herr Meyer?", sage ich, weil er gar nicht mehr aufhört zu schweigen, aber auch keine Anstalten macht, wieder zu den anderen zu gehen.
„Ja, Mia?"
„Ähm … Zweifeln Sie immer noch an Ihrem Beruf?"
Ich glaube, ich werde ein bisschen rot. „Also, meinetwegen? Und weil jetzt auch noch das mit der Tasse passiert ist?"
Herr Meyer lächelt. Und dann sagt er mit meganetter Stimme: „Unsinn, Mia. Ich bin nur froh, dass du dir

nichts getan hast.“ Er massiert sich das Kinn mit den blonden Bartstoppeln, als müsste er kurz mal eben nachdenken. „Dass auf Klassenfahrten nicht alles immer glattläuft, ist vollkommen normal“, fährt er fort. „Davon lasse ich mich ganz bestimmt nicht abschrecken. Und unterm Strich seid ihr schon eine prima Klasse.“

Ein wohliger Schauer rieselt durch mich hindurch. Herr Meyer ist nicht mehr sauer auf mich!

Darüber freue mich so sehr, dass ich mein restliches Taschengeld zusammenkratze, um eine König-Ludwig-Tasse zu kaufen. Ich werde sie Mami schenken. Weil sie die beste Mami der Welt ist. Vielleicht aber auch Papi. Weil er sich genau wie Herr Meyer mit so chaotischen Schülern wie uns herumschlagen muss. Oder ich schenke sie beiden zusammen.

Sie haut ab

Jette gackert und gackert, während wir mit der U-Bahn zum Marienplatz fahren. Uns gegenüber sitzen Amy und Christi. Da heute der letzte Tag ist, werden wir am berühmten Viktualienmarkt in einem der vielen Imbisse zu Mittag essen.
„Ist ja gut, Jette“, beruhige ich sie, so wie Mami Josefinchen besänftigt, wenn sie ein Brüllkonzert anstimmt.
„Und ich hab mich schon gewundert, dass heute überhaupt nichts passiert.“
Gacker, gacker, gacker. Auch Christi lacht mit.
„Aber dass ausgerechnet du … und dass du geglaubt hast, dass die Tasse …“
„Das hättest du wahrscheinlich auch gedacht, wenn du die Tasse kaputt gemacht hättest“, ertönt eine bekannte Stimme in meinem Nacken.
Wir drehen uns um. Leonie und Alina haben sich zu uns durchgequetscht. Ich stehe auf, um einer alten Omi Platz zu machen.

„Dankschee, Madl“, sagt sie und plumpst wie ein Mehlsack auf den Sitz.
„Was hat eure Spionage ergeben?“, will ich von den beiden wissen. Ich war ja die ganze Zeit damit beschäftigt, Tassen kaputt zu machen und ohnmächtig zu werden.
„Nichts“, brummt Alina. „Alles war ganz normal. Leider.“
„Nicht leider. Zum Glück“, erklärt Leonie. „Was habt ihr denn erwartet? Dass die beiden wirklich vor uns Händchen haltend durch die Gegend laufen? Sie sind unsere Lehrer!“
„Aber vorhin haben sie sich verknallt angeguckt“, sage ich.
„Später aber nicht mehr“, meint Alina.
„Vielleicht hat Herr Meyer ja von der Rosen-Person Wind gekriegt und ist jetzt total stinkig auf Frau Hübsch“, überlegt Jette, die ebenfalls aufgestanden ist.
„Wisst ihr was?“, sage ich.
„Ja!“ Jette wiehert abermals los. „Dass du heute im Schloss die tollste aller Shows abgezogen hast. Die toppt sogar noch die mit Christis Rock und mit Mr Rülps’ Käseschuh.“
„Und deine Blumenkübel-Einlage“, ergänze ich matt.
„Nennt Kaspar doch nicht immer Mr Rülps“, beschwert sich Alina. „Das ist gemein!“

„Was wolltest du jetzt sagen, Mia?“, übergeht Leonie sie.
„Dass wir die Hinterherspioniererei besser lassen. Das bringt doch nichts. Außerdem ist heute sowieso unser letzter Tag.“
Leonie knipst ein Weihnachtsengel-Lächeln an. „Morgen Abend bin ich endlich wieder bei Wursti. Und bei Horst.“
„Und ich bei meinen Eltern“, seufze ich. „Aber ich wäre trotzdem gerne noch ein bisschen länger geblieben.“
„Ich auch“, seufzt Alina hinterher.
Und nachdem auch noch Jette ein sehnsüchtiges *Ich auch* gehaucht hat, sind wir am Marienplatz und steigen aus.

„Boah, lecker Wurst!“, ruft Henning.
„Ihh, so viel Wurst!“, ruft Irina, die Vegetarierin ist.
Noch nie im Leben habe ich so viele Fleischer auf einmal gesehen und weiß auch nicht, ob ich „Boah, lecker!“ oder „Ihh, eklig!“ rufen soll. Zum Glück gibt es aber für alle etwas zu futtern. Irina vertilgt eine Portion hausgemachten (vegetarischen) Kartoffelsalat, wir anderen essen eine Leberkäse- oder Wurschtsemmel.
Es schmeckt ziemlich gut und als Highlight verkündet

Frau Hübsch, dass wir nach dem Essen zwei Stunden Zeit zur freien Verfügung hätten, um uns auf dem Viktualienmarkt und auf dem Marienplatz umzusehen. „Aber geht bitte nicht weiter weg und bleibt immer mindestens zu zweit zusammen.“

Während alles losjubelt – wie cool ist das denn! –, hebt Herr Meyer die Hände. „Ich geh mal davon aus, dass ich mich auf euch verlassen kann und dass ihr keinen Unsinn anstellt.“ Sein Blick gleitet peinlicherweise zu mir. „Trotzdem bitte ich euch, dass ihr jetzt alle eure Handys anstellt. Damit ihr notfalls erreichbar seid.“

„Aber mein Akku ist leer“, ächzt Kaspar.

„Meiner aber nicht“, meint Henning und rempelt seinen Freund an. „Oder ziehst du etwa mit Alina los?“

„Ich … äh … Jette, Mia, Leonie und ich gehen zusammen“, beeilt Alina sich zu sagen, während eine zarte Röte ihr Gesicht überzieht wie Zuckerglasur einen Donut. Klar, sie hat Spionagedienst. Da kann sie Mr Rülps nicht an ihrer Seite gebrauchen.

„Darf man eigentlich noch ein zweites Brötchen essen?“, will Jette von mir wissen, als sei ich die Verwalterin der Klassenkasse.

„Keine Ahnung. Frag doch …“

Bevor ich zu Ende sprechen kann, rempelt mich Alina an.

„Sie haut ab“, zischt sie mir zu.

„Häh?“, macht Jette.

„Sie-haut-ab! Was machen wir denn jetzt?“

„Nichts“, erkläre ich. „Soll sie doch wieder mit ihren blöden Rosen zu Mr Unbekannt fahren. Mir ist das langsam echt egal.“

„Mir auch“, meint Leonie.

Alina blickt Jette fragend an.

„Ich will sowieso lieber Dirndl shoppen gehen.“

„Echt jetzt?“ Alina kriegt Stielaugen.

„Das sieht bestimmt megakomisch aus, wenn du in einem Dirndl die Osterstraße rauf- und runterläufst.“ Leonie kringelt sich vor Lachen.

„Nicht richtig kaufen. Nur angucken.“ Jette wirft das Wurstpapier weg und scheint plötzlich gar keinen Appetit mehr auf eine zweite Semmel zu haben. „Wer kommt mit?“

„Ich!“, rufe ich.

„Okay, ich auch!“, ruft Alina hinterher.

„Also gut, ich komm ja schon“, brummt Leonie und trabt schicksalsergeben hinter uns her.

Dirndl, Dirndl, Dirndl

Das Kaufhaus am Rathausmarkt ist riesengroß und in der obersten Etage befindet sich die Trachtenabteilung. Wow! Da gibt es Kleider, so weit das Auge reicht. Zwischen den Ständern huscht eine Verkäuferin in einem rot-weiß-blauen Dirndl umher. Ihre blonden Haare sind so kunstvoll um ihren Kopf geschlungen, als hätte sie die Frisur bei einer der wimpernlosen Frauen auf den Gemälden in der Schönheitengalerie abgeguckt. Hoffentlich kommt Jette nicht wieder auf die Idee, dass ich ihr die Haare flechten soll. Wie ich mich kenne, würde ich dabei einen ganzen Ständer umwerfen, ohne auch nur dagegengekommen zu sein.

„Hilfe, sind die teuer“, meint Jette und streichelt ein grünes Dirndl mit einer rosafarbenen Schürze. Es sieht wirklich wunderschön aus. Glänzend und megaedel. Leonie nimmt ein Preisschild in die Hand und staunt nicht schlecht. „799 Euro! Hilfe, dieses hier kostet sogar über 1000!“

„Davon könnte ich ja Millionen Lakritzschnecken kaufen“, ächzt Jette.
Die hübsche blonde Verkäuferin eilt auf uns zu. „Grüß Gott! Was kann i für euch tun?“
„Haben Sie auch Dirndl, die nicht ganz so viel kosten?“, will Alina wissen.
Die Frau nickt. „Die günstigsten sand bei 149 Euro, aber mar muss scho die Blusn dazurechnen.“
„Nichts für uns“, raune ich Jette zu. 149 Euro würde ich wahrscheinlich nicht mal für ein Kleid mit Schmetterlingsmotiven ausgeben.
„Schauts euch a bisserl um. Und meldets euch, falls ihr Hilfe braucht.“
Wir bedanken uns und traben weiter. Am besten gefällt mir eine Edelweißkette, aber auch dafür müsste ich schlappe 99,95 hinblättern. Echt mal, München ist ganz schön teuer!
„Ich fass es nicht, ich fass es nicht, ich fass es nicht!“, stöhnt Jette auf einmal los.
„Was fasst du denn schon wieder nicht?“, stöhne ich ebenfalls.
„Frau Hübsch!“
„Was ist mit Frau Hübsch?“ Alina wedelt mit einer Bluse mit Puffärmeln.
„Sie ist gerade mit dem grün-rosa Dirndl und einem weißen T-Shirt in der Kabine verschwunden!“

Bevor ich noch etwas sagen oder fragen kann, flitzen Alina und Leonie Richtung Umkleide. Ich kriege gerade noch mit, wie die beiden hinter einem Ständer mit Lederhosen in Deckung gehen.
„Komm“, meint Jette. „Vielleicht brauchen sie Hilfe.“
Auf leisen Sohlen huschen wir rüber zu den Trachtenblusen. Dort sind wir aus der Schusslinie, haben aber immer noch die Umkleidekabinen im Blick. Um uns die Zeit zu vertreiben, gucken wir die Blusen durch.
„Menno, was für langweilige Blusen“, nölt Jette. „Voll weiß.“
Ich will gerade erwidern, dass die Blusen wirklich alle voll weiß und ziemlich langweilig sind, als ich aus dem Augenwinkel sehe, wie der Kabinenvorhang aufgezogen wird und Frau Hübsch heraustritt.
„In Deckung!“, zische ich und zerre meine Freundin hinter den Ständer. Jette gerät dabei ins Straucheln und ich wittere schon die nächste Katastrophe, doch zum Glück kann sie sich gerade noch abfangen. Wir hocken uns hin und falten uns ganz klein zusammen.
„Was machen wir denn jetzt?“, wispert sie.
„Nichts. Abwarten.“
„Wehe, Alina und Leonie versemmeln die Beschattungsaktion.“
„Wieso, wir haben unsere doch auch versemmelt.“
Füße trappeln an uns vorbei. Alina und Leonie?

Jette und ich gucken uns an, dann kommen wir in Zeitlupe hoch. Die Luft ist rein. Allerdings ist auch Frau Hübsch längst über alle Berge und die beiden Spioninnen wohl ebenfalls.
Im Schlenderschritt zurück durch die Trachtenabteilung. Aus dem Augenwinkel beobachte ich die Verkäuferin, die ihren Blick nicht von uns lässt. Auweia. Bestimmt hat sie längst gerochen, dass irgendwas faul ist.
„Eure Freundinnen sind schon zur Rolltreppe vorgegangen“, meint sie genau in dem Moment, als wir uns an ihr vorbeischleichen wollen. Ihr Lächeln hat sie kurz mal ausgeknipst. Was vielleicht aber auch daran liegt, dass gerade eine Touristengruppe mittelalter Damen hereingekommen ist und sich schnatternd auf die Dirndl stürzt.
„Dankschee und pfiat di!“, tiriliert Jette in bestimmt perfektem Bayerisch.
Bloß schnell weg. An der Rolltreppe kommen uns Alina und Leonie hechelnd entgegen.
„Mist!“, japst Alina. „Sie ist uns entwischt.“
„Hat sie euch gesehen?“, frage ich.
Leonie schüttelt den Kopf. „Aber stellt euch bloß mal vor … Das ist echt der Hammer!“
„Was denn?“, will Jette ungeduldig wissen.
„Als sie in die Kabine reingegangen ist, hatte sie ein Dirndl und ein T-Shirt dabei.“

„Ja und?“, sage ich.
„Rausgekommen ist sie aber nur mit dem T-Shirt! Und das hat sie dann bezahlt.“
„Ja und?“, wiederhole ich. „Vielleicht hat sie das Dirndl ja in der Kabine hängen lassen.“
„Oder sie hat es unter ihren Mantel gezogen und …“
Leonies Blick geht zu Alina, die ergänzt:
„GEKLAUT!“
Ich bin sprachlos, doch Jette meint nur: „Dann gucken wir jetzt eben in der Kabine nach.“
Zum Glück ist die Verkäuferin von den schnatternden Damen umringt und bemerkt uns nicht, als wir schon wieder an ihr vorbeiflitzen.
Wir ziehen den Vorhang auf: SCHOCK!
Die Umkleidekabine ist leerer als unser Kühlschrank, wenn mein Bruder Lukas dran war und alles aufgefuttert hat.
„Vielleicht hat die Verkäuferin es ja inzwischen weggehängt“, überlegt Leonie.
Jette wiegt den Kopf. „Glaub ich nicht. Wir waren doch gerade mal ein paar Sekunden weg.“
Zur Sicherheit schauen wir noch an dem Ständer mit den megateuren Kleidern nach, aber auch dort ist das rosa-grüne Dirndl nicht zu sehen.
„Also doch“, meint Jette und blickt uns der Reihe nach an. „Frau Hübsch ist eine Dirndl-Diebin!“

Das ist so ein Hammer, dass wir uns, nachdem wir mit dem Fahrstuhl wieder nach unten gefahren sind, erst mal mit einem Eis beruhigen müssen. Jette, die von ihrem spendablen Vater einen Fuffi extra für die Klassenreise zugesteckt bekommen hat, gibt eine Runde aus.

„Das darf doch alles nicht wahr sein“, stöhnt sie, während wir mit unseren Eistüten über den Marienplatz schlendern. „Erst flirtet sie mit Herrn Meyer, dann besucht sie ihren zweiten oder dritten Liebhaber und jetzt klaut sie auch noch Dirndl!“

„Ausgerechnet die netteste Lehrerin von allen.“ Geschickt fängt Alina ein paar Eistropfen mit der Zunge auf.

Da hat sie Recht. Frau Hübsch ist eine so nette und hübsche Lehrerin. Ich kann gar nicht glauben, dass ich mich vielleicht die ganze Zeit in ihr getäuscht habe und dass sie in Wirklichkeit eine hundsgemeine Diebin ist.

Aber weil wir in der mega-giga-irre schönen Stadt München sind und es der letzte Tag unserer Klassenfahrt ist, schiebe ich alle fiesen Gedanken beiseite. Stolz wie die Schönheiten aus der Gemäldegalerie flanieren wir kreuz und quer über den Marienplatz. Ich wette, zumindest Jette hofft insgeheim, dass gleich ein echter König vorbeikommt und sie malen lässt. Damit sie später mal in irgendeinem Schloss hängt. Oder ersatzweise im Eingangsbereich des Hostels über dem historischen Blumenkübel.

Wokommensienher?

Wir sind eine echte Glückspilzklasse. Niemand geht während der zweistündigen Pause auf dem Marienplatz verloren. Niemand muss per Handy zurückgepfiffen werden. Niemand legt sich lang hin, reißt sich die Klamotten auf oder beschmaddert den Fischbrunnen mit Joghurt. Niemand verliert seine Käseschuhe und auch der Alte Peter stürzt nicht vor unseren Augen ein. Eigentlich ein Grund zu jubeln. Doch dann taucht Frau Hübsch auf der U-Bahn-Fahrt zurück ins Hostel nicht auf.

Ich fasse es nicht!

„Wieso ist Frau Hübsch denn schon wieder nicht da?“, wendet sich Jette an Herrn Meyer.

Der lächelt bloß geheimnisvoll und sagt: „Sie hat noch was zu erledigen. Aber heute Abend ist sie wieder mit an Bord.“

Ehrlich, langsam wird mir das alles zu bunt. Was ist das denn für eine Lehrerin, die sich während der Klassenfahrt ständig verdünnisiert, weil sie was zu *erledigen* hat? Papa würde so etwas jedenfalls nicht tun. Der fühlt sich nämlich für seine Schüler verantwortlich.

Weil heute der letzte Abend ist, dürfen wir endlich in den Biergarten. Worauf sich die Jungs schon die ganze Zeit wie irre freuen.

Das Tolle an bayerischen Biergärten ist, dass man sein Essen selbst mitbringen darf. Womit wir nicht gerechnet haben: Wir müssen die Lebensmittel auch selbst besorgen.

„Wieso, ist doch super", meint Leonie, als wir beim Hostel aus der U-Bahn steigen. Nur ein paar Schritte weiter gibt es einen riesigen Supermarkt. „Dann können wir ganz viele Schmalzkringel und Süßigkeiten kaufen."

„Das glaubst aber auch nur du", meint Alina. „Das wird Herr Meyer garantiert nicht erlauben. Und ich darf ja auch nicht so viel Süßes essen."

Alina soll Recht behalten. Im Supermarkt teilt Herr Meyer uns in vier Gruppen auf. Eine Gruppe besorgt Aufschnitt und Käse, eine zweite Rohkost und Obst, eine dritte darf ein paar Leckereien aussuchen. Christi und ich sind in der vierten Gruppe, der Brot-Gruppe. Während wir am Brotstand anstehen, weihe ich sie in unsere Vermutung ein, dass Frau Hübsch eine Dirndl-Diebin ist.

„Echt-wie-was-wirklich?“, ächzt Christi, die beim Beschatten gar nicht mehr richtig zum Zug gekommen ist.
„Echt-wie-was-wirklich“, bestätige ich.
Christi schüttelt fassungslos den Kopf.
„Was wollen wir eigentlich nehmen?“, frage ich sie. „Vollkornbrot, Baguette oder Brezen?“
„Am besten alles drei“, tönt eine Stimme in meinem Rücken.
Ich fahre herum und sehe Frau Hübsch in einem hübschen Mäntelchen vor mir. Sie sieht so rank und schlank wie immer aus. Kaum vorstellbar, dass sie darunter das plusterige Dirndl trägt. Vielleicht hat sie das Diebesgut aber auch längst in Sicherheit gebracht.
„Äh … hallo … wokommensienher?“
Frau Hübsch lacht. „Wie bitte, Mia?“
„Wo kommen Sie denn her?“, wiederhole ich deutlicher.
„Ich hatte noch was zu erledigen“, antwortet sie genauso schwammig wie Herr Meyer.
Äh, und was?, liegt es mir auf der Zunge zu fragen, doch da sind Christi und ich dran und wir ordern Brot für die ganze Klasse. Das heißt, Christi gibt die Bestellung auf. Ich nutze die Gunst der Stunde und deute auf eine Frau, die trotz der kühlen Temperaturen ein Dirndl trägt. „Hübsch, oder?“
„Mhm“, macht Frau Hübsch und verzieht keine Miene.

„Ich würde ja glatt meine Omi ausrauben, nur um einmal so ein Dirndl zu tragen“, setze ich noch eins drauf.
Frau Hübsch lacht auf, sagt aber keinen Ton.
„Sie auch?“ O weh, jetzt wird's echt peinlich.
„Ich habe leider keine Omi mehr.“
Grrr! Sie weiß doch ganz genau, wie ich das gemeint habe.
„Sie sind doch öfter in München“, starte ich einen letzten Versuch. „Haben Sie da denn gar kein Dirndl?“
„Nein!“ Wieder lacht Frau Hübsch auf. „Manchen Frauen steht das ja hervorragend, aber für mich ist das nichts. Ich könnte mich ja noch eher für eine fesche Lederhose erwärmen.“
Lügnerin, Lügnerin, Lügnerin!, denke ich, halte jedoch meinen Mund.
A) traue ich mich nicht, ihr die Wahrheit ins Gesicht zu sagen, und b) kann ich ihr sowieso nichts nachweisen.
Kurz darauf an der Kasse überschlägt Kassenwartin Irina, was in etwa alles zusammen kosten wird und ob unser Budget überhaupt ausreicht. Am Ende haben wir tatsächlich viel zu viel im Einkaufswagen und Herr Meyer schlägt vor, zwei Tüten Chips, die Salznüsse und die zweite Riesentafel Schokolade zurückzulegen.
„Schade“, meint Leonie und guckt sehnsüchtig Mr Rülps nach, der die Leckereien zurückträgt.

Alina guckt ihm ebenfalls sehnsüchtig nach. Jette guckt sehnsüchtig den süßen blonden Kassierer an, Christi tippt mit sehnsüchtigem Blick auf ihrem Handy herum (wahrscheinlich schreibt sie meinem Bruder), Frau Hübsch guckt sehnsüchtig Herrn Meyer an und er sie irgendwie auch. Nur eine zieht ein Gesicht wie sieben Tage Regenwetter. Und das bin ich.

Kaum sind wir zurück im Hostel, streifen Jette, Leonie, Alina, Christi und ich unsere Schuhe von den Füßen und werfen uns zwecks Kriegsrat auf mein Bett. Es bleiben uns noch ein paar Minuten, bis wir in den Biergarten aufbrechen.
„Eigentlich … also eigentlich müsste man …“, überlegt Christi und öffnet den obersten Knopf von Irinas Hose. Wahrscheinlich ist sie etwas zu eng.
„Eigentlich müsste man dir von dem Geld aus der Klassenkasse eine neue Hose kaufen“, erkläre ich.
Christi schüttelt den Kopf. „Lieb von dir, Mia. Aber ich hab zu Hause genug Anziehsachen.“ Sie macht den Hosenknopf wieder zu und starrt nachdenklich an die Decke. „Also eigentlich müsste man wirklich …“ Wieder bricht sie mitten im Satz ab.
„Christi!“, sage ich etwas genervt.

„Man müsste in Frau Hübschs Zimmer einbrechen und gucken, ob das Dirndl in ihrem Schrank hängt.“
Wir anderen sehen uns an. Dass so ein Vorschlag ausgerechnet von Streber-Christi kommt!
„Aber das geht natürlich nicht“, rudert sie zurück.
„Wieso eigentlich nicht?“, meint Jette. „Drei von uns lenken sie ab und die anderen gehen in ihr Zimmer.“
„Das ist doch bestimmt abgeschlossen“, wendet Leonie ein.
„Dann muss man ihr den Schlüssel eben klauen“, schlägt Jette vor.
„Ohne mich“, sage ich. Ich habe genug. Mit Sicherheit würde mir bei so einer Aktion der Rock platzen und gleichzeitig so dumm ein Schuh auf den Kopf fallen, dass ich ohnmächtig werden und in den Armen der vielen Liebhaber von Frau Hübsch wieder aufwachen würde.
„Spielverderberin!“, trötet Jette und schlingt sich ihre Zöpfe, die sie sich eben schlampig geflochten hat, um den Kopf. „Hat jemand Haarnadeln dabei?“
Blöde Frage. Natürlich nicht.
„Menno, wie soll ich die denn jetzt feststecken?“
Sie guckt so verzweifelt, dass ich eine meiner Schmetterlingsspangen vom Nachttisch fische und sie ihr hinhalte.
„Danke, Mia, du bist eine supertruper Freundin!“,

quietscht sie und tackert ihre Zöpfe fest. Jetzt sieht sie aus wie ein Bauernmädchen, das zum Melken geht. Aber ich werde den Teufel tun und ihr das sagen. Sonst wird sie ihre Frisur stundenlang umbasteln und wir werden zu spät zum Bus kommen. Und am Ende werden wir verhungern und in unserem kurzen Leben nie einen Biergarten sehen.

Eine Dirndl-Schönheit

Die Sonne bricht durch die Wolken und bringt die Bäume zum Leuchten, als wir mit unseren Einkaufstüten im Biergarten ankommen. Holztische und Holzbänke, so weit das Auge reicht. Überall sitzen Menschen, essen Schweinshaxen oder Würschte und trinken Bier aus großen Krügen.

Herr Meyer steuert einen freien Tisch unter einer Kastanie an, der für uns reserviert ist. Wie üblich drängeln die Jungs und versuchen, die besten Plätze zu ergattern.

„Hört mal bitte her!“, ruft Herr Meyer, als alle sitzen. „Damit es keinen Ärger gibt, haltet euch bitte an folgende Regeln.“

„Boah, nee“, stöhnt Lars.

„Boah, doch“, meint Herr Meyer. „Also: Es wird kein Bier getrunken. Auch nicht heimlich. Und es wird auch nicht herumgerannt, es sei denn, jemand muss zur Toilette. Wer hilft mir bei den Getränken? Ich brauche vier kräftige Jungs. Oder vier kräftige Mädchen.“

„Wo steckt denn Frau Hübsch?“, fragt Mr Rülps, als wäre die auch ein kräftiger Junge.
„Sie muss jeden Moment hier sein.“
Ich rempele Jette an und ernte einen Stoß in die Taille (Alina hat ihren Ellbogen ausgefahren). Leonie zuckt zusammen, weil sie von Jette gerammt wird. Niemandem von uns ist aufgefallen, dass Frau Hübsch vorhin nicht mit im Bus war. Was bedeutet, dass sie nach unserem zufälligen Zusammentreffen im Supermarkt gar nicht ins Hotel gegangen ist. Oder nur kurz dort war und gleich wieder zu ihrem Rosenliebhaber abgedüst ist. Aber eigentlich ist die Sache sowieso gelaufen. Wir haben keine Chance mehr, Frau Hübsch und ihren vielen Geheimnissen auf die Spur zu kommen. Es sei denn ... Ich stelle mir das mal kurz vor:
1. Herr Meyer macht ihr öffentlich einen Antrag, woraufhin sie erklärt, dass es da noch einen anderen Mann in ihrem Leben gibt.
2. Herr Meyer erwidert, dass ihm das nichts ausmacht, weil er sie über alles auf der Welt liebt und für immer mit ihr und dem Münchener Mann zusammen sein will, und dass er sie selbst dann noch lieben wird, wenn sich herausstellt, dass sie eine Dirndl-Diebin ist.
Das ist totaler Quatsch.
Nachdem Mr Rülps, Henning und Lars mit Herrn Meyer losgezogen sind, meint Jette:

„Wetten, heute passiert noch irgendwas?“
„Wieso, was soll denn nun schon wieder passieren?“, meint Alina.
Jette fängt an zu kichern. „Keine Ahnung. Vielleicht stolpert Mr Rülps ja und legt sich mit den Getränken auf die Nase.“
Sie räuspert sich, als sie Alinas Raubtierblick auf sich ruhen fühlt. „Äh, ich meine natürlich Kaspar.“
„Wobei seine Hose platzt und Joghurt aus seinen Strümpfen tropft, schon klar“, meint Alina etwas giftig.
So kenne ich sie ja gar nicht. Aber wahrscheinlich wäre ich auch sauer, wenn ich mit einem süßen Franzosen zusammen wäre und Jette ihn ständig Monsieur Furz oder Herrn Kohlkopf nennen würde.
„Oder Frau Hübsch kommt gleich in dem rosa-grünen Dirndl anspaziert“, orakelt Leonie.
„Ja, ganz bestimmt“, kichere ich.
„Nee, nee, nee!“, heult Jette in dieser Sekunde auf. Und schiebt ein dreifaches „Ich fass es nicht!“ hinterher.
Automatisch folge ich ihrem Blick.
Tatsächlich taucht Frau Hübsch am Biergartenhorizont auf. An der Seite einer blonden Schönheit, die ihre Zöpfe mega-giga-irre schön um den Kopf geschlungen hat und ein rosa-grünes Dirndl trägt!
Die beiden strahlen um die Wette. Und halten Händ-

chen.
Uns fallen fast die Augen aus dem Kopf.
Bevor ich überlegen kann, was das zu bedeuten hat, sind sie schon an unserem Tisch. Fast zeitgleich kommen Herr Meyer und die Jungs mit den Getränken und zwei großen Schüsseln Kartoffelsalat angetrabt.
„Hi, Isabelle! Schön, dass du da bist."
Frau Hübsch scheint es genauso schön zu finden, da zu sein, und verkündet, indem sie der Dirndl-Schönheit zunickt: „Das ist Anni. Meine Lebensgefährtin."
Herr Meyer und Anni reichen sich die Hände und die blonde Schönheit sagt: „Anni Murderer. Schee, dass mir uns amoi kennenlernen."
„Ich bin Fabian", stellt sich Herr Meyer vor und sagt ein ähnliches Blabla wie die blonde Schönheit. Dass er sich ebenfalls freue und schon viel von ihr gehört habe und so weiter und so fort.
Alles gafft, ein paar Leutchen kichern und meine Gedanken fahren Karussell.
Was man alles innerhalb weniger Sekunden denken kann:
1. Besagte Anni heißt Murderer mit Nachnamen. Allerdings nicht Englisch „Mörderer" ausgesprochen, sondern mit „u". (Hab ich Jette doch gleich gesagt!)
2. Frau Hübsch hat also dieser Frau, mit der sie gerade Händchen gehalten hat, die roten Rosen geschenkt!

3. Bedeutet das, Frau Hübsch ist in eine Frau verliebt?
4. Und hat Frau Hübsch dieser Anni nicht nur Rosen geschenkt, sondern auch das Dirndl, das sie zuvor geklaut hat?
5. Oder machen die beiden gemeinsame Sache und haben das Dirndl heute zusammen ergaunert?
6. War ja klar, dass heute noch etwas passieren würde. Aber das? Hammer!

Wortfetzen fliegen hin und her, doch die Erwachsenen reden so gedämpft, dass ich ziemlich die Ohren spitzen muss, um etwas aufzuschnappen. Es geht ums Wetter, um eine Ausstellung in München und um den Kartoffelsalat, der hier ja so himmlisch schmeckt. Dann wünscht die Dirndl-Anni einen wunderschönen Abend, winkt in die Runde und steuert den Ausgang an.

Mein Mund, der eben bestimmt die ganze Zeit offen gestanden hat, klappt zu. Alles glotzt Frau Hübschs Freundin nach. Ein paar stecken die Köpfe zusammen und tuscheln aufgeregt miteinander. Nur Christi, Leonie und Irina benehmen sich ganz normal und packen schon die Esssachen aus.

„So, habt ihr jetzt genug gestarrt und euch amüsiert?" Herr Meyer klingt ziemlich genervt.

„Ist schon okay, Fabian", meint Frau Hübsch und quetscht sich neben Amy auf die Bank. Zu uns sagt sie: „Wer irgendwas wissen will, soll mich ruhig fragen.

Ansonsten wünsche ich einen guten Appetit und freue mich auf unseren letzten Abend.“
Wie aufs Stichwort verebbt das Gemurmel und wir machen uns ausgehungert über das Essen her. Was nur gut ist. Weil so alle ein bisschen ihre Gedanken sortieren können.
Dass Frau Hübsch mit einer wunderhübschen, Jette-blonden Frau zusammen ist, ist zwar kein Weltwunder, aber schon irgendwie überraschend. Dann hat es den französischen Verlobten womöglich nie gegeben? Aber was hat es mit dem megateuren Dirndl auf sich?
Zwischen zwei Happen Kartoffelsalat gebe ich mir einen Ruck und sage: „Frau Hübsch, darf ich sie mal was fragen?“
„Na klar.“
„Haben Sie und Ihre … äh … Frau Murderer das Dirndl zusammen eingekauft? Also … äh … heute?“
Frau Hübsch sieht mich irritiert an. „Ja, haben wir. Wieso?“
„Weil …“ In meinen Schläfen puckert es und meine Wangen fühlen sich glühend heiß an. „Jette, Leonie, Alina und ich … wir waren heute im Kaufhaus am Marienplatz. In der Trachtenabteilung.“ Ich kassiere unter dem Tisch einen Fußtritt. Das war Madame Jette. Bestimmt hat sie Angst, dass ich mich verplappere. „Wir dachten, wir hätten Sie kurz gesehen“, fahre ich fort.

„Das kann gut sein. Anni und ich haben uns in der Pause dort getroffen."
„Wir haben uns nämlich die Preisschilder angeguckt und sind fast hintenübergekippt", sagte ich scheinheilig.
„Oh ja, ich auch." Frau Hübsch verzieht das Gesicht, als habe sie Zahnschmerzen.
Pause, Pause, Pause.
Ich starre Frau Hübsch an, sie starrt zurück. Dann zuckt es um ihre Mundwinkel und sie fängt an zu grinsen.
„Ich verrate euch jetzt ein Geheimnis", fährt sie gedämpft fort. „Meine Freundin hat vorab Geld von ihrer Großmutter geerbt. Die jammert nämlich schon seit Jahren, dass Anni sich endlich mal ein richtig schönes Dirndl kauft. Und heute an ihrem 93. Geburtstag will meine Freundin sie darin überraschen."
Einen Moment bin ich sprachlos. Jette zwickt mich heimlich unter dem Tisch. Alina quiekt leise. Leonie mampft Kartoffelsalat.
„Die wird sich aber riesig freuen", sage ich.
Ich bin echt erleichtert, dass Frau Hübsch das Dirndl nicht geklaut hat. So wie es aussieht, waren Anni Murderer und Frau Hübsch zusammen in der Umkleidekabine und haben Sachen anprobiert. Frau Hübsch ist dann mit dem weißen T-Shirt rausgekommen und kurz darauf – da waren wir wohl schon auf dem Weg zur Rolltreppe, wo wir Alina und Leonie aufgabelt haben –

hat ihre Freundin das Dirndl ganz normal bezahlt. Kein Wunder, dass es wenig später schon nicht mehr in der Kabine hing und auch nicht bei den megateuren Kleidern zu finden war.

„Ihre Freundin sieht aber auch superschön darin aus", meint Alina mit Glimmerblick.

„Das finde ich auch." Frau Hübschs Augen fangen verdächtig an zu glänzen, dann sagt sie: „So, jetzt langt aber zu! Bevor euch die Jungs noch alles wegfuttern."

Während Alina und Jette sich die Teller ein zweites Mal vollladen, frage ich meine Lehrerin, ob ich kurz mal eben meine Omi anrufen dürfe. „Ich will einfach wissen, ob es ihr gut geht."

„Natürlich, Mia." Frau Hübsch lächelt mich warm an. „Das kann ich gut verstehen."

Etwas abseits unter einer Kastanie krame ich mein Handy aus meiner Überlebenstasche und wähle Omi Olgas Nummer.

„Mia?! Alles in Ordnung?", trötet sie kurz darauf in mein Ohr.

„Ja! Ich wollte dich nur fragen, ob bei dir alles okay ist."

„Alles paletti, mein Schmetterling. Wo steckst du denn?"

Ich erzähle Omi, dass wir gerade unseren letzten Abend

im Biergarten feiern und dass es himmlische Sachen zu essen gibt und dass …

„Und da rufst du mich an?“, unterbricht sie mich. „Raus mit der Sprache. Was ist los?“

„Ich wollte dir nur sagen, dass … Also, falls du mir 700 Euro vererbst … ich meine, noch während du lebst … und dann darauf bestehst, dass ich mir ein Dirndl kaufe, dann würde ich das sogar tun“, erkläre ich. „Weil ich dich megalieb habe.“

„Häh?“, macht Omi. „Ich vererbe dir keine 700 Euro. Jedenfalls im Moment noch nicht. Und ich bestehe auch nicht darauf, dass du dir ein Dirndl kaufst. Die sind doch spießig. Für 700 Euro sollst du dir lieber schöne Schmetterlinge für deine Sammlung kaufen.“ Ihre Stimme wird ganz weich, als sie fortfährt: „Aber ich hab dich auch sehr, sehr lieb, Mia. Und ich freue mich auch, dass du anrufst, um mir das zu sagen.“

Sie fragt noch einmal nach, ob auch wirklich nichts sei (was ich verneine). Dann legen wir auf und mit einem wohlig warmen Gefühl im Bauch kehre ich zu den anderen zurück.

Liebes Tagebuch,

ups, sorry, dass ich schon wieder so krumm und schief krickele und krakele, aber irgendwie komme ich immer nur im Bus zum Schreiben.

1. Der letzte Abend im Biergarten war wunderschön! Wir haben leckere Sachen gegessen, leckere Apfelsaftschorle getrunken und am Ende gab es sogar noch ein leckeres Eis (das die Lehrer spendiert haben).

2. Jette hat mit mir um eine Tüte Lakritzschnecken gewettet, dass nach der Frau-Hübsch-Neuigkeit nichts Besonderes mehr passiert, aber ich habe dagegen gewettet. Weil es ja keinen Spaß macht, wenn beide dasselbe wetten.

3. Gerade hat Jette mich angerempelt. Sie ärgert sich ein bisschen, dass sie die Wette verloren hat. Es ist nämlich doch noch was passiert! Und zwar … und zwar … und zwar … hat Herr Meyer sich beim Essen ein Stück vom Schneidezahn abgebissen. Der Arme! Jetzt sieht er aus wie Dracula höchstpersönlich.

4. Jette und ich haben ganz vergessen, unseren Aufsatz über die mega-giga-irre Klassenfahrt zu Ende zu schreiben. Hoffentlich hat Herr Meyer das auch vergessen.

5. Wie blöd, dass wir morgen schon fahren müssen. Ich wäre so gerne noch einen Tag länger ge…

6. Muss Schluss machen! Wir sind da!

Eine Quasselsabbelnacht und ein Unfall

Wir liegen todmüde in unseren Betten, und auch wenn wir wirklich TODmüde sind, können wir nicht einschlafen, ohne noch eine Runde zu quasseln. Schließlich ist es unser letzter Abend und unsere letzte Nacht. Und zu fünft werden wir so schnell auch nicht wieder zusammen irgendwo übernachten.

„Danke“, haucht Christi in die Dunkelheit.

„Wieso, wofür denn?“, will Jette wissen.

„Dass ihr mich bei euch aufgenommen habt. Es war so …“ Sie kichert. „Mega-giga-irre schön.“

„Wieso, wir haben doch nur geschlafen“, entgegne ich.

„Ja, aber ihr habt nicht geschnarcht und euch auch nicht über mein Nachthemd lustig gemacht.“

Ich muss lachen, weil ich mich ja doch ein bisschen über Christis Nachthemd lustig gemacht habe. Wenn auch nur in Gedanken.

„Was denn, Mia?“

„Kann ich dir ehrlich was sagen, Christi?“

„Klar."
„Dein Nachthemd ist schon etwas … na ja …"
„Albern?", fragt Christi.
„Ja, aber auch irgendwie witzig", meint Alina. „Jedenfalls hat niemand sonst so eins."
Jette lacht auf. „Wetten, das wird später mal in einem Nachthemdmuseum ausgestellt?"
Wir gackern eine Runde, und weil wir jetzt so richtig hellwach sind, quasseln wir immer weiter. Wir kauen alle tollen Sachen durch, die wir auf der Klassenfahrt erlebt haben, aber auch alles, was schiefgegangen ist.
Königin aller Missgeschicke ist natürlich Christi. Die Arme muss nicht nur mit tausend blauen Flecken, sondern auch mit einem Raststätten-Trauma und einem zerrissenen Rock nach Hause fahren. Den zweiten Platz teilen sich Mr Rülps beziehungsweise sein Käseschuh, Henning beziehungsweise die Joghurtspur in der Kirche und ich beziehungsweise die One-Million-Dollar-Tasse.
„Dass du bei der Spionage in den Blumenkübel gekracht bist, war aber auch nicht übel", sage ich an Jettes Adresse. „Du sahst so süß aus mit den Blättern und der Erde im Haar."
Wieder glucksen wir los, dann wird es still. Man hört nur noch gedämpft die Autos vorbeirauschen.

„Hättet ihr gedacht, dass Frau Hübsch eine Frau liebt?“, fragt Jette.
„Natürlich nicht“, meint Alina. „Sonst hätten wir ihr ja wohl kaum einen Verlobten und zwei Liebhaber angedichtet.“
„Dann haben wir uns wohl nur eingebildet, dass sie mit Herrn Meyer turtelt“, sage ich. Wahrscheinlich hat Herr Meyer, als er an der Theatinerkirche „Ich liebe sie!“ ins Handy getrötet hat, doch seine uralte Geliebte gemeint. Oder seine Briefmarkensammlung. Oder was weiß denn ich!
„Vielleicht verstehen die beiden sich einfach nur gut“, meint Leonie. „Man muss ja nicht immer gleich verliebt sein, nur weil man sich mal anguckt oder am Arm berührt.“
Da hat Leonie auch wieder Recht.
Jette will wissen, wie wir das mit Frau Hübsch und ihrer hübschen Freundin nun eigentlich finden.
„Na, wie schon“, meint Leonie. „So was ist doch ganz normal.“
Ich bin baff. Richtig megabaff. Dass ausgerechnet Leonie das sagt, die mit Liebe so gar nichts am Hut hat!
„Ich finde das auch normal“, meldet sich Alina nach ein paar Schweigesekunden zu Wort. „In den Telenovelas gibt es auch immer Männer- und Frauenpaare.

Und der Cousin meiner Mutter ist sogar mit einem Mann verheiratet."

Ich überlege eine Weile. Eigentlich habe ich mir noch gar keine Gedanken darüber gemacht. Doch während ich es tue, rauscht eine warme Welle durch mich hindurch und ich erkläre: „Ich freue mich für die beiden. Sie sahen so glücklich aus. Und wahrscheinlich hat Frau Hübsch einfach nur jede freie Minute genutzt, um mit ihrer Liebsten zusammen zu sein."

„Ihre Freundin ist ja auch total sympathisch", meint Christi. „Und wenn die beiden sich nun mal lieben …"

„Aber sie können keine Kinder kriegen", gibt Jette zu bedenken.

„Und ob", hält Alina dagegen. „In *Glut der Liebe* ist Sabrina mit Sandra verlobt, aber von ihrem besten Freund Fabio schwanger."

Irgendwie habe ich erwartet, dass Leonie etwas wie *bäh* oder *oh nee* tröten würde, aber aus ihrer Richtung kommen nur gleichmäßige Atemzüge. Wahrscheinlich ist sie längst eingeschlafen und träumt von Wursti und von Horst.

„Pennt ihr jetzt etwa schon alle?", meldet sich Jette wieder zu Wort.

„Nei-hein!", rufen Christi, Alina und ich aus einem Munde.

Ich bin jedenfalls viel zu aufgekratzt, um von jetzt auf

gleich ins Reich der Träume zu sinken. „Und was sagst du nun dazu, Jette?“, frage ich. Immerhin ist sie die Einzige, die sich noch nicht so richtig geäußert hat.
„Ist doch super. Hauptsache, sie sind glücklich.“ Sie kichert leise. „Aber wehe, eine von euch kommt auf die Idee, mich abzuknutschen. Ich stehe nur auf süße Jungs.“
Oh ja. Wer wüsste das nicht besser als ich? Das Problem an der Sache ist nur, dass Jette einen Sehschaden hat und in ihren Augen ziemlich viele Jungs süß sind.
„Keine Sorge“, meint Christi. „Ich bin mit Mias Bruder total glücklich.“
„Grmpf“, kommt es von Jette. Klar. Sie war ja selbst mal in ihn verschossen, konnte aber nicht bei ihm landen.
„Und ich bin mit Kaspar happy“, seufzt Alina.
Und ich mit Mami, Papi, Lukas, Lena, Josefinchen Omi Olga und meiner schönen Schmetterlingssammlung, seufze ich in Gedanken hinterher. Dann klappen meine Augen zu, und bevor ich auch noch irgendwas denken kann, bin ich auch schon … *Zzzzzzzzzz, zzzzzzz, zzzzzzzz.*
„Menno, Mia, du schnarchst!“, dringt eine Meckerstimme an mein Ohr.
Jette?
Nein, das war Christi. Rasch drehe ich mich auf die andere Seite und weg bin ich.

Seit gefühlten Stunden schuckelt der Bus über die Autobahn. Jette hat ihr rotes Kuschelkissen zwischen die gefalteten Arme geklemmt und döst neben mir auf dem Platz am Gang. Manchmal sackt ihr Kopf auf meine Schulter, aber ich schubse sie nicht weg. Sie ist nämlich nicht die Einzige, die vor Müdigkeit kaum die Augen aufhalten kann. Es ist, als hätte jemand die Luft aus uns rausgelassen. Keiner krakeelt, keiner lärmt, alle dösen. Nicht mal die Spucktüten kommen zum Einsatz.
Ich kuschele mich in meine zusammengeknüllte Jacke und schaue nach draußen, wo Kühe und Pferde, bewaldete Täler und Hügel, Häuser und putzige Kirchen vorüberfliegen.
Auch wenn ich ein bisschen traurig bin, dass ich morgen nicht in meinem Hostel-Bett aufwache und einen schönen München-Tag vor mir habe, freue ich mich doch riesig auf zu Hause. Auf Mami und Papi! Auf meine Geschwister! Auf Omi Olga! Und auf meine Schmetterlingssammlung. Meine Augenlider werden schwer und immer schwerer. Als sie schon richtig bleischwer sind, dröhnt eine Schauspielerstimme:
„Mia? Jette?“
Meine Augen ploppen auf und ich sehe einen Riesen vor mir aufragen.
„Wie? Was?“ Jette rappelt sich hoch.
Herr Meyer steht vor uns und grinst uns mit seinem

kaputten Schneidezahn an. „Tut mir leid. Ich wollte euch nicht wecken.“

„Schon passiert“, nuschele ich.

„Denkt ihr bitte daran, mir noch den Artikel zu geben?“

„Äh, wie … welchen Artikel?“, stammelt Jette.

„Die Strafarbeit“, flüstere ich ihr zu. Ihr Gehirn arbeitet manchmal etwas schwerfällig.

„Ach so, ja, äh“, stottert sie weiter, und weil Herrn Meyers Augenbrauen in unendliche Höhen rutschen und ich auf den letzten Metern keinen Stress mit ihm möchte, gestehe ich besser gleich, dass wir nicht ganz fertig geworden sind.

„Kein Problem“, meint er. „Ihr könnt den Text auch Montag oder …“ Sein Handy klingelt und er geht ran. „Hi, Schatz! Ja, wir sind unterwegs.“

Die Schatz-Person am anderen Ende der Leitung sagt irgendwas, dann tönt wieder Herrn Meyers Schauspielerstimme: „Zum hundertsten Mal: Ich finde die blau-weißen Kacheln am hübschesten!“ Pause, Pause. „Ja, ich liebe sie!“

Jette und ich gucken uns an und kichern los. Kacheln! Herr Meyer liebt neben seiner uralten Geliebten einfach nur blau-weiße Kacheln und vielleicht hat er genau das auch bei seinem Telefonat in der Theatinerkirche gemeint.

Zum Glück haben wir uns wieder im Griff, als er das Gespräch beendet und uns sagt, dass er den Text gerne bis Mittwoch hätte.
„Ich hab aber keine Lust, den Artikel zu schreiben“, mault Jette, als er wieder weg ist. „Ich will doch später keine Texteschreiberin werden.“
„Das weißt du jetzt schon?“
Sie nickt und sagt wie aus der Pistole geschossen: „Ich werde mal Höhlenforscherin, Busfahrerin oder Bauchtänzerin.“
„Und ich Schmetterlingsabstauberin.“
„Das bist du doch jetzt schon“, kichert Jette.
„Wenn das so schlimm für dich ist, schreibe ich den Artikel eben allein“, schlage ich vor.
„Das würdest du echt tun, Mia?“
Ich nicke. Ich finde, es ist keine Strafe, all die tollen Erlebnisse unserer mega-giga-irren Klassenfahrt aufzuschreiben. Vielleicht baue ich auch eine Hitliste der lustigsten Missgeschicke ein – natürlich, ohne Namen zu nennen.
„Weißt du was, Miss Butterfly?“ Jette guckt mich durch ihre beschmierten Brillengläser an.
„Nö?“
„Du bist die tollste, liebste Freundin, die je auf diesem Erdball herumgelaufen ist.“
Das will ich mal stark hoffen.

Und dann wirft sie sich auf mich und knuddelt mich so stürmisch, dass mein Jackenkopfkissen wegrutscht und ich mit dem Kopf voll gegen den Fensterrahmen rumse.
Autsch, meine Augenbraue!
Zwei Sekunden lang höre ich die Engel im Himmel singen, dann schreit Jette los: „Mia blutet! Mia blutet! Hilfe!"
Frau Hübsch kommt angerannt, Herr Meyer ebenfalls und ich denke, dass ich jetzt immerhin eine Tüte Lakritzschnecken gewonnen habe.

Eine königliche Tasse zum Heulen

Zirka sieben Stunden später sind wir endlich da. Also fast da. Der Bus ist über die Elbbrücken gefahren und rollt nun durch Hamburg.

Wie vertraut mir hier alles ist! Die roten Backsteinhäuser, die vielen Bäume, die die Straßen säumen … In meinem Bauch breitet sich ein wohlig warmes Gefühl aus. Nicht mehr lange und ich bin zu Hause. Ganz richtig zu Hause. Eben habe ich noch Mami angerufen und ihr Bescheid gegeben, dass wir in zirka 20 Minuten an der Schule sein werden. Es war so schön, ihre Stimme zu hören, dass ich fast ein Tränchen verdrückt hätte.

Was in den letzten Stunden alles passiert ist:

1. Frau Hübsch hat mich mit einem Pflaster verarztet, trotzdem tut die Stelle über meiner Augenbraue noch weh.
2. Jette hat sich tausendmal bei mir entschuldigt.
3. Und ich habe ihr tausendmal verziehen. ☺

Ansonsten sind keine weiteren Katastrophen passiert.

Nicht mal das Bus-Klo ist explodiert, obwohl alle naselang jemand draufgegangen ist. Ich habe ein bisschen geschlafen, den Rest meiner Butterbreze gegessen, aus dem Fenster geguckt, gedöst, einen Apfel hinterhergeschoben, mit Jette gequatscht und an dem Artikel über die Klassenfahrt weitergeschrieben.
Mein Herz schlägt höher, als der Bus kurz darauf den Blinker setzt und aufs Schulgelände einbiegt. Dort wimmelt es von Eltern, Omas, Geschwistern und Haustieren. Irgendwo in der Menschenmenge müssten auch meine Eltern stehen. Vielleicht sind sogar Omi Olga, Lena und Josefinchen mitgekommen. Lukas drückt sich bestimmt. Er fände es garantiert peinlich, Christi vor allen Leuten mit Küsschen zu begrüßen.
Der Bus bremst und das totale Ausstiegskuddelmuddel bricht aus. Die Jungs drängeln von hinten nach vorne, Christi (im notdürftig geflickten Rock) fliegt mal wieder hin, Jettes Haare verheddern sich im Sitz, Kaspar donnert mit seiner Tasche gegen Leonies Schulter und dann stolpere ich endlich die Stufen runter und atme echte Hamburger Abendluft.
Hach, Hamburg!
Hach, Heimat!
Hach, Familie!
Aber wo stecken meine Leutchen bloß?
Alina und Christi werden von ihren Müttern abgeholt,

Mr Rülps von seinem Rülps-Vater, Leonie von ihrem Stiefvater und Enzo, Sofia von ihrer Mutter, Irina von einer Frau, die wie ihre Oma aussieht, Jette von Frau Joost. Nur ich stehe dumm herum, während sich der Schulhof nach und nach lichtet.

„Mia, soll ich besser noch warten, bis deine Eltern kommen?“ Frau Joost (mit wahrscheinlich frisch geföhnter Plusterfrisur) hat Jette (mit garantiert unabsichtlicher Plusterfrisur) gerade zur Begrüßung an sich gedrückt.

„Äh … ich weiß jetzt auch nicht“, sage ich, während sich ein ungutes Gefühl in mir breitmacht.

„Ruf sie doch an“, meint Jette. „Vielleicht stecken sie ja im Stau.“

Ich klappe meine Überlebenstasche auf und will schon nach meinem Handy greifen, als unser mittelmeerblauer Passat um die Ecke biegt. Endlich!

„Tschüss, Miss Butterfly!“

Jette umklammert mich, als würden wir uns erst im nächsten Leben wiedersehen.

„Tschüss, Jette!“

Ich reiße mich los und stürme auf unser Auto zu. Gerade öffnen sich die Wagentüren. Lena und Omi Olga steigen hinten aus, Mami und Papi vorne. Lukas ist tatsächlich nicht mitgekommen und meine Babyschwester Josefinchen, die im Babysitz verstaut ist, darf mich nur durch die Wagenscheibe bewundern. Sie sieht zum

Knuddeln süß aus! Ihre mausbraunen Flaumhärchen sind ein bisschen gewachsen und sie rudert aufgeregt mit den Ärmchen, als sie mich erblickt.
„Tut mir leid", tiriliert Omi Olga. „Ich hab's verbockt! Ich konnte mich nicht entscheiden, welche Jacke ich anziehen soll. Die pinke oder die lilafarbene. Deswegen sind wir zu spät dran."
„Macht nichts, Omi", sage ich und wundere mich bloß, warum sie einen Mantel mit Schlangenprint anhat.
„Was hast du denn da, Mia?" Mami deutet auf das Pflaster über meinem Auge.
„Ach, nix. Nur gestoßen. Halb so wild."
Ein Wagen hupt neben uns. Es ist Frau Joost. Wir winken, dann falle ich allen der Reihe nach um den Hals. Mami findet, dass ich richtig groß geworden bin (so ein Quatsch), Papi ist der Meinung, dass ich irgendwie gereift aussehe (noch mal Quatsch), und Omi Olga posaunt, dass mir die einsetzende Pubertät richtig gut stehen würde, woraufhin Lena einen Lachanfall kriegt. Hallo? Was für eine einsetzende Pubertät? Das ist ja wohl total lächerlich. Vielleicht sind Jette und Alina in der Pubertät, Leonie und ich garantiert nicht.
„Ihr spinnt ja", kommt Lena mir zum Glück zu Hilfe. „Mia sieht aus wie immer. Nur ihre Schmetterlingshaarspange ist kaputt."
„WAAAS?", schreie ich und taste nach meiner Haar-

spange, mit der Jette schon ihre Zöpfe festgetackert hatte. Ein Albtraum, wenn ich sie wegwerfen muss. Sie ist meine absolute Lieblingsspange.
„Reingefallen!“, gluckst Lena, woraufhin ich sie zur Strafe ganz schrecklich durchkitzele. Bei allen kleinen und mittelgroßen Katastrophen, die während der Klassenfahrt passiert sind, hätte es mich nicht gewundert, wenn auf den letzten Drücker auch noch das passiert wäre.

Lecker!
Zur Begrüßung gibt es Pizza. Das ist neben Pellkartoffeln mit Quark mein absolutes Lieblingsessen. Gut nur, dass Lukas zu Hause geblieben ist, um den Ofen zu bewachen. Sonst wäre die Pizza jetzt bestimmt verbrannt. Im Auto habe ich meiner Family schon aufgeregt von der Klassenfahrt erzählt. Da nun auch Lukas wissen will, wie es war, fange ich noch mal vorne an. Ich berichte von den schönen Kirchen, dem Schloss Nymphenburg, der riesigen Pinakothek mit den mega-giga-irren Gemälden. Ich schwärme von den megaleckeren Butterbrezen, vom Englischen Garten, selbst von den doppelstöckigen Betten im Hostel. Dass Christi ein Bärchennachthemd trägt, verschweige ich. Bestimmt wäre es ihr nicht recht, wenn mein Bruder davon wüsste.

Beim Nachtisch – es gibt Vanilleeis mit heißen Himbeeren – verkünde ich, dass ich mir zu Weihnachten ein Dirndl wünsche. Und dass das auch ruhig ein paar hundert Euro kosten darf.

„Bist du noch zu retten?“, fragt Mami entgeistert.

Lena kichert wie blöde und Lukas macht eine Geste, als müsse er sich übergeben.

„War doch nur Spaß“, rudere ich zurück. „He, Papi, weißt du schon das Neueste?“

„Nein, aber ich schätze, du wirst es mir gleich verraten.“

„Frau Hübsch!“ Ich schiebe mir einen Happen Pizza in den Mund und kaue genüsslich.

„Was ist mit Frau Hübsch?“

„Fraubschhanefreunnnn.“

„Wie?“, fragt Lena.

„Was?“, trötet Lukas.

Ich schlucke runter und erkläre: „Frau Hübsch hat eine Freundin.“

„Ja und?“, meint Lena. „Ich hab auch eine und du hast gleich drei.“

„Ja, aber es ist nicht nur so eine Freundin. Die beiden sind ein richtiges Liebespaar.“

„Und wollen bald heiraten“, ergänzt Papi, während Lena ungläubig die Augen aufreißt.

„Wie jetzt?“, frage ich verdattert nach.

„Sie hat mal im Lehrerzimmer erzählt, dass sie demnächst ihre Lebensgefährtin heiratet. Deswegen war sie auch froh, dass sie für Frau Müller-Stegemann einspringen durfte. So konnten die beiden schon mit der Planung loslegen."

„Ach so, äh, ja", murmele ich. Zu blöd, dass Papi nicht mal früher einen Ton gesagt hat. Dann hätten wir uns die Hinterherspioniererei sparen können und wären auch nicht mit Herrn Meyer aneinandergerasselt. „Wusstest du das auch, Mami?"

Sie schüttelt den Kopf „Aber ich kenne Frau Hübsch ja gar nicht."

„Hast du etwa ein Problem damit, Mia?", fragt Papi.

„Nee, wieso? Hauptsache, Frau Hübsch ist glücklich."

„Das sehe ich ganz genauso. Und wie ist ihre Freundin so?"

„Nett und hübsch und …"

Bevor ich weitersprechen kann, steht Lukas auf und geht zur Tür. „Muss noch was für die Schule machen", brummt er. Bestimmt interessiert es ihn nicht die Bohne, ob Frau Hübsch eine Frau, einen Mann oder ein Feuer speiendes Fabelwesen heiratet.

„Aber können zwei Frauen denn überhaupt heiraten?", will Lena wissen.

„Lebst du hinterm Mond?", meint Lukas beim Rausgehen. „Klar können Frauen heiraten. Männer auch."

Peng, fällt die Tür zu.
Omi erklärt, dass Lenas Frage gar nicht so dumm war. Zu ihrer Zeit wurden Homosexuelle noch stark angefeindet und heiraten durften sie schon gar nicht.
„Meine Freundin Ursel aus München, die hatte auch mal eine Freundin", meint sie. „Ganz schlimm war das. Die beiden haben damals auf dem Dorf gelebt und mussten ihre Liebe immerzu verstecken."
Josefinchen stimmt im Nebenzimmer ein Kreischkonzert an. Papi steht auf und kommt kurze Zeit später mit der Kleinen auf dem Arm zurück.
„Ich glaub, sie hat dich vermisst", meint er und drückt sie mir in den Arm, obwohl ich mit meiner Pizza noch nicht ganz fertig bin.
„Chouchou", flüstere ich zärtlich.
„So wie wir alle", sagt Mami.
„Na ja, ich fand's schon supi, dass niemand hinter dem Stoffvorhang ewig lang das Licht angelassen und gelesen und geröchelt hat", sagt Lena.
„Lena, du bist die elendigste Blödschwester, die frei rumläuft!" Ich presse Josefinchen ein Küsschen auf den verschwitzten Nacken. „Aber gut. Dann kriegst du eben nicht dein Mitbringsel."
Lenas Augen werden murmelgroß. „Du hast mir was mitgebracht?"
Ich nicke.

„Und was?“
„Ist doch egal. Du kriegst es ja sowieso nicht.“
„Och, bitte!“, nölt meine Schwester. „Das hab ich nicht so gemeint. Ich hab dich doch auch vermisst!“
„Zu spät. Das Geschenk kriegt Josefinchen, wenn sie größer ist.“
„Aber so lange kann ich es doch benutzen.“
Ich tue so, als müsste ich mich ganz fürchterlich überwinden, dann sage ich: „Also gut. Hol mal meine Überlebenstasche. Das Geschenk in der Papiertüte ist für Lena, das in der blauen Plastiktüte für euch alle.“ Ich gucke zu Omi Olga rüber. „Auch für dich, Omi.“
„Danke, mein Schmetterling“, sagt sie.
Lena springt auf und ist sofort wieder zurück.
„Darf ich?“ Sie nestelt schon an der Schnalle.
Ich nicke.
Vorsichtig, als könnten ihr Frösche entgegenspringen, macht Lena die Tasche auf und steckt ihre Hand hinein. Sie nimmt die Geschenke raus, packt beide aus und kreischt schon einen Wimpernschlag später: „Königskuli und Königstasse! Wie süß ist das denn! Mia! Das ist … das ist …!“ Sie springt auf und umarmt mich so stürmisch, dass Omi mir vorsichtshalber Josefinchen abnimmt.
Mami und Papi und ich wechseln einen Blick. Eins ist klar: So schnell wird Lena die Geschenke nicht wieder

hergeben. Aber ich freue mich riesig, dass meine kleine Schwester sich so freut. Auch Mami, Papi und Omi Olga finden die Mitbringsel echt königlich und irgendwann, so nehme ich mir vor, werde ich ihnen auch erzählen, wie ich die Tasse im Schloss kaputt gemacht habe. Nur Josefinchen verzieht beim Anblick von König Ludwig das Gesicht und plärrt los.

An diesem Abend sinke ich megamüde und megahappy in mein kuscheliges Bett. München war so aufregend und die Klassenfahrt einfach nur mega-giga-irre, aber es ist auch ein schönes Gefühl, wieder in den eigenen Kissen zu liegen.
Ich knipse die Lavalampe an, um noch ein bisschen meine Schmetterlinge auf der Fensterbank zu bewundern, doch da meckernde Laute aus dem anderen Teil des Zimmers kommen, mache ich sie gleich wieder aus. Stattdessen fische ich nach meinem Handy, das auf dem Nachttisch liegt, und schalte es an.

Bist du noch wach?, simse ich Jette.

Ja, kommt es postwendend zurück. *Ich vermisse Alina, Leonie und Christi.*

Äh, und mich vermisst sie nicht?
Wieder piept mein Handy.

Und dich am allermeisten, Miss Butterfly.

Ich dich auch!, schreibe ich zurück.

Wir schicken uns noch ein paar SMS-Küsschen, dann schalte ich mein Handy aus und sinke in einen wirren Halbschlaf. Mr Rülps tapst in einem düsteren Gemälde herum. Christi flattert im Bärchennachthemd und mit Schmetterlingsflügeln über meinem Kopf. Und Jette und ich spazieren in hübschen Dirndln und Butterbrezen futternd durch den Englischen Garten.
„Pfiat di, München!", rufe ich. „Ich komm bald wieder."
„Mia? MIA?!"
Erschrocken knipse ich die Lavalampe an und sehe Lena, die Ludwig-Tasse unter den Arm geklemmt, vor meinem Bett stehen.
„Ich kann nicht schlafen", jammert sie. „Du machst so komische Geräusche."
„Okay, komm her."
Ich schlage meine Decke zurück und rutsche ein Stückchen beiseite, so dass meine kleine Schwester auch noch Platz hat.

Lena lässt sich nicht lange bitten. Sie stellt die Tasse auf dem Nachttisch ab, schlüpft zu mir ins Bett und schmiegt sich an meinen Rücken.
„Weißt du was?“, nuschelt sie.
„Nö?“
„Es ist echt supertruper schön, dass du wieder da bist.“
Und dann schlafen wir aneinandergekuschelt ein.

© privat

Susanne Fülscher

hat viele Jahre in Mias Heimat Hamburg gelebt und kennt die Stadt wie ihre Westentasche. Hier hat sie nach dem Studium auch ihre Leidenschaft zum Beruf gemacht: das Schreiben.
Mittlerweile wohnt sie mit ihrem Mann in Berlin, wo sie neben Romanen für Kinder und Erwachsene mit ebenso großer Freude Drehbücher für Fernsehserien und fürs Kino verfasst.
Hamburg ist sie aber trotzdem treu geblieben. Dort recherchiert sie häufig für ihre Mia-Bücher. Für diesen Band ist sie allerdings extra nach München gefahren, wo sie bei jedem Bäcker eine leckere Butter-Breze gekauft hat, in all den schönen Museen herumgelaufen ist und sich fast ein mega-giga-irres Dirndl gekauft hat.

Wer mehr über die Autorin und ihre Bücher wissen möchte, schaut nach unter www.susanne-fuelscher.de

Leseprobe

Im nächsten Band bekommt Mia Besuch von Jean-Pierre. Das wird wieder ein Abenteuer!
Mia holt den süßen Zahnspangenfranzosen erst einmal mit ihrer Familie am Bahnhof ab.

Mein Herz hämmert. Die Ameisen sind plötzlich überall. Und in meinem Kopf braust ein richtig heftiger Orkan.
„Ja, wo ist er denn?“ Lena springt neben mir wie ein Flummi in die Luft. „Mia, sag doch mal!“
Als auch noch Omi losquietscht und wissen will, wo denn nun der süße kleine Franzose steckt, flüchte ich mich zu Papi. Der sagt zum Glück nichts. Er hält nur ganz normal nach dem *süßen kleinen Franzosen* Ausschau, was er, weil er ja der Größte von uns allen ist, auch am besten kann.
Seine Hand schnellt vor. „Da! Ich glaub, da ist er!“
Wer?, hätte ich fast gefragt. Einfach, weil es sich so unwirklich anfühlt, hier zu stehen und auf den Zahnspangenfranzosen zu warten.
„Hat er dunkle längere Haare?“
Ich gucke in die Richtung, in die Papis ausgestreckter Zeigefinger deutet, kann aber niemanden im Gewühl entdecken, der wie Jean-Pierre aussieht. Damals in Berlin hatte er kurze, strubbelige Haare, allerdings ist seitdem ja auch einige Zeit vergangen. Wer weiß, ob er überhaupt noch Ähnlichkeit mit dem

Franzosen aus dem Hotel hat? Vielleicht trägt er ja nicht mal mehr die Zahnspange.
„Miss Butterfly!" Jette hüpft neben mir in die Luft. „Er kommt! Er kommt! ER KOMMT ECHT!"
Ein Rums geht durch meinen Magen, als Jean-Pierre sich in mein Blickfeld schiebt. Der süße Zahnspangenfranzose! Er ist es tatsächlich! Anders als im Hotel (dort hatte er eine Pagenuniform an) trägt er ein ganz normales blau-weiß-geringeltes T-Shirt zu einer ganz normalen Jeans. Mein Herz bleibt stehen. Gut, dass es gleich darauf wieder seinen Betrieb aufnimmt, sonst hätte ich Jean-Pierre gar nicht mehr lebend begrüßen können.
Er kommt näher, drängelt sich mit seinem Riesenrucksack durch die vielen Menschen hindurch und ich denke, dass nicht nur seine Haare gewachsen sind. Er selbst ist ebenfalls in die Höhe geschossen und die riesengroßen Turnschuhe an seinen Füßen sehen aus wie Boote. Er blickt sich suchend um, dann entdeckt er mich endlich und ein breites Zahnspangengrinsen huscht über sein Gesicht.
Er hat die Zahnspange also noch!
Ein zweiter Rums geht durch meinen Magen, dann steht er auch schon vor mir.
„Äh, äh", stottere ich.
„Bonjour", sagt Jean-Pierre und grinst in die Runde.
Er sieht aus wie immer und irgendwie doch ganz anders. Wie in einer Turbomaschine älter geworden.

„Salut, Jean-Pierre. Je suis die Omi!“, tiriliert Omi Olga.
„Huhu, hi, hallihallo!“, kiekst Lena.
Jette kichert und haspelt etwas auf Französisch, dass wohl „Comment vas-tu?“, also *Wie geht es dir?* heißen soll, aber wie *Maman-wadüh?* klingt.
Und als ob das nicht schon alles peinlich genug wäre, stottere ich noch ein paar *Ähs* hinterher.
Nur Papi reicht dem Franzosen ganz normal die Hand und sagt: „Guten Tag, Jean-Pierre. Schön, dich kennen zu lernen. Hattest du eine gute Reise?“
„Oui, ich bin ... très bien gefahren.“
O weh! Auch Jean-Pierre scheint ziemlich aufgeregt zu sein. Jedenfalls konnte er in Berlin fließend Deutsch. Oder hat er in der Zwischenzeit alles vergessen?
„Wie geht es Ihnen?“, fragt er und grinst in meine Richtung.
„Ich?“, frage ich.
„Oui!“
Ach, du dicker Schmetterling, jetzt siezt er mich auch noch! Das hat er schon damals im Hotel getan. Angeblich, weil er dort alle Gäste gesiezt hat. Wenn man mich fragt, war er total durcheinander oder er hat mich mit irgendeiner alten Dame verwechselt.
„Danke, mir geht es gut“, krächze ich, während Jette unterdrückt kichert.
„Kommt, lasst uns erst mal hier rausgehen“, sagt Papi. „Jean-Pierre, gib mir doch dein Gepäck.“

„Mais ... das ist“, protestiert dieser noch, aber da hat Papi sich den Rucksack schon auf die Schulter geladen.
„Mannomann, der ist aber schwer! Was hast du denn da drin?“
„Rien, äh, nichts“, stammelt Jean-Pierre.
Wenn mich nicht alles täuscht, wird er ein bisschen rot.
„Vielleicht hat er ja eine Bank ausgeraubt. Und alle Goldbarren eingepackt.“ Omi sagt das so todernst, dass Jean-Pierre sie erschrocken anblickt.
„Mais non! Ich habe keine Bank ausgeraubt.“
„War doch nur Spaß, mein Herzchen.“
Jean-Pierre wird noch eine Spur röter und ich möchte vor lauter Scham am liebsten im Erdboden versinken. Wie kann Omi den Franzosen nur mit *mein Herzchen* anreden? Was muss der jetzt bloß von ihr denken?
Wir fahren die Rolltreppe hoch und schieben uns mit den anderen Reisenden aus dem Bahnhof. Jette, Lena und ich trotten hinter Papi, Omi und dem Franzosen her. Ehrlich gesagt bin ich ziemlich froh, dass Omi und Papi das Plapperprogramm bestreiten. Ich wüsste gar nichts zu sagen. Der Orkan in meinem Kopf hat sich zwar gelegt, aber er scheint auch alle Gehirnzellen weggefegt zu haben.
Das Wiedersehen mit Jean-Pierre habe ich mir jedenfalls anders vorgestellt. Romantischer. Mit einem prächtigen Regenbogen am Himmel, mit flatternden Schmetterlingen und fiedelnden Geigen. Doch von alldem ist nichts zu spüren. Es fühlt sich einfach nur komisch fremd an. Als wären Jette und ich niemals

mit Jean-Pierre in Berlin Currywurst essen gegangen. Als hätten wir uns auch nicht ständig angelächelt und uns schon gar keine Mails geschrieben.
Jettes schleudert ihre blonde Glanzhaarmähne zurück und fragt mich leise, wieso ich so finster gucke.
„Ich gucke finster?"
„Ja! Als wäre Jean-Pierre nicht Jean-Pierre, sondern der hinterletzte Grottenolm."
Ich muss kichern. In Bio haben wir Fotos von Grottenolmen gesehen. Das sind Schwanzlurche, die dazu verdonnert sind, bis in alle Ewigkeit als Larvenform vor sich hin zu vegetieren. Sie sehen grottenhässlich aus. Glibberig, blassrosa und sie haben durchsichtige Augen. Dagegen könnten Aale glatt noch die Wahl zur Miss Germany gewinnen.
„Mia, was gackerst du so?", will Lena wissen. Klar, dass sie wieder mal ihre Lauscher aufgestellt hat.
„Das geht dich gar nichts an." Ich schubse sie zu Papi rüber, der sie an die Hand nimmt. Zum Glück. Dann kann sie wenigstens nicht bei uns horchen.
„Jean-Pierre ist kein Grottenolm", raune ich Jette zu.
„Aber?"
Ich zucke mit den Schultern. „Keine Ahnung. Er ist irgendwie ... anders."
Genau in dieser Sekunde dreht er sich nach uns um und lächelt sein süßes Zahnspangenlächeln. Ich lächele zurück und hoffe, dass ich nicht aussehe, als würde ich in eine Zitrone beißen.

„Verstehe ich nicht“, sagt Jette. „Er ist doch kein bisschen anders als in Berlin. Er hat nur keine Pagenuniform an, seine Haare sind länger und ...“
„Seine Füße sehen aus wie die von einem Riesen“, ergänze ich kraftlos.
Eigentlich weiß ich auch nicht so genau, was mit mir los ist. So irre lange habe ich diesem Moment entgegengefiebert und jetzt fühlt es sich an, als wäre ich im falschen Film gelandet. Mit einem französisch sprechenden Zahnspangenjungen als Hauptdarsteller. Ich gäbe einiges darum, in dieser Sekunde mit Jette und Jean-Pierre wieder in Berlin zu sein. Wir würden zu dritt lecker Currywurst essen gehen und uns erst mal ganz in Ruhe beschnuppern, ohne dass Omi, Papi und Lena die ganze Zeit um uns herumwuseln.
Als hätte Jette meine Gedanken erraten, sagt sie: „Du musst dich bloß erst mal daran gewöhnen, dass er jetzt hier ist. Dann wird schon alles gut.“
Ich nicke tapfer. Alles wird gut. Ganz bestimmt wird alles gut! Trotzdem bitte ich Jette, zum Abendbrot zu bleiben. Nur zur Sicherheit. Damit sie mein Händchen halten kann, falls ich mal einen Hänger habe oder falls wieder ein schlimmer Orkan durch meinen Kopf braust.

Conni ist endlich 15 geworden

Dagmar Hoßfeld
Band 1: Mein Leben, die Liebe und der ganze Rest
288 Seiten
Klappenbroschur
ISBN 978-3-551-26001-7

Dagmar Hoßfeld
Band 2: Mein Sommer fast ohne Jungs
256 Seiten
Klappenbroschur
ISBN 978-3-551-26002-4

Dagmar Hoßfeld
Band 3: Meine beste Freundin, der Catwalk und ich
288 Seiten
Klappenbroschur
ISBN 978-3-551-26003-1

Conni ist endlich fünfzehn geworden. Sie fühlt sich wie immer. Kein bisschen anders. Aber das kann nicht sein. Irgendetwas muss anders sein! Immerhin hat sie fünfzehn Jahre ihres Lebens darauf hingearbeitet, fünfzehn zu sein. Besonders das letzte Jahr war echt hart. Mit vierzehn ist man irgendwie noch ein Kind. Zumindest wird man so behandelt. Mit fünfzehn ist man dagegen schon fast erwachsen. Es MUSS also einen Unterschied geben. Im Kalender steht es schwarz auf weiß: Es ist der 30. April, ihr Geburtstag. Ab heute hat sie genau ein Jahr Zeit, um den Unterschied herauszufinden – falls es einen gibt.

CARLSEN

www.carlsen.de

Chaos, Tumult und Herzklopfen

Susanne Fülscher
Mia legt los!

176 Seiten
Gebunden
ISBN
978-3-551-65051-1

Susanne Fülscher
Mia und das Mädchen vom anderen Stern
192 Seiten
Gebunden
ISBN
978-3-551-65052-8

Susanne Fülscher
Mia und der Traumprinz für Omi
208 Seiten
Gebunden
ISBN
978-3-551-65053-5

Susanne Fülscher
Mia und das Liebeskuddelmuddel
208 Seiten
Gebunden
ISBN
978-3-551-65054-2

Susanne Fülscher
Mia und der Großstadtdschungel
208 Seiten
Gebunden
ISBN
978-3-551-65055-9

Susanne Fülscher
Mia und das Schwesterndings
240 Seiten
Gebunden
ISBN
978-3-551-65056-6

Susanne Fülscher
Mia fast allein zu Haus
240 Seiten
Gebunden
ISBN
978-3-551-65057-3

CARLSEN

www.carlsen.de

MIX
Papier aus verantwortungsvollen Quellen
FSC® C014496
www.fsc.org

Carlsen-Bücher gibt es überall im Buchhandel
und auf carlsen.de

Copyright © by Carlsen Verlag GmbH, Hamburg 2015
In Zusammenarbeit mit der Michael Meller Literary Agency, München
Umschlagillustration und Vorsatz: Dagmar Henze
Typografie Umschlag: Gerhard Schröder
Lektorat: Susanne Schürmann
Herstellung: Constanze Hinz
Satz: Dörlemann Satz, Lemförde
Lithografie: Margit Dittes Media, Hamburg
Druck und Bindung: GGP Media GmbH, Pößneck
ISBN 978-3-551-65058-0
Printed in Germany

CARLSEN-Newsletter: Tolle Lesetipps kostenlos per E-Mail!

Alina, Leonie und Jette

sind meine besten Freundinnen.

Mia

Das bin ich: Miss Butterfly!

Herr Meyer und Frau Hübsch

kommen mit auf Klassenfahrt.